Chère lectrice,

Des vignobles enchanteurs de la côte basque espagnole jusqu'à Sydney, en passant par les plages des Caraïbes, les envoûtantes landes écossaises ou La Nouvelle-Orléans et son rythme endiablé : ce mois-ci, pour bien commencer l'été, j'ai sélectionné pour vous dix romans, véritables promesses d'évasion.

Car l'amour s'épanouit sous tous les climats et dans tous les décors.

Alors, que ce soit en compagnie de Saffy Marshall et du cheikh Zahir (*Une nuit d'amour avec le cheikh* de Lynne Graham, Azur n° 3493) ou aux côtés de la tumultueuse famille Corretti (*Amoureuse d'un Corretti* de Kate Hewitt, Azur n° 3494), laissez-vous emporter, le temps d'une lecture, vers des horizons brûlant de soleil et de passion.

Je vous souhaite un très bon mois de lecture.

La responsable de collection

D1137046

Le secret d'un milliardaire

CATHY WILLIAMS

Le secret d'un milliardaire

collection *Azur*

éditions **H HARLEQUIN**

Collection : Azur

*Cet ouvrage a été publié en langue anglaise
sous le titre :*
THE SECRET CASELLA BABY

Traduction française de
MARION PRZETAK

HARLEQUIN®
est une marque déposée par le Groupe Harlequin

Azur® est une marque déposée par Harlequin S.A.

ÉDITIONS HARLEQUIN
83-85, boulevard Vincent-Auriol, 75646 PARIS CEDEX 13.
Service Lectrices — Tél. : 01 45 82 47 47
www.harlequin.fr
ISBN 978-2-2803-0709-3 — ISSN 0993-4448

1.

Luiz écrasa la pédale d'accélérateur de sa Porsche, propulsant le bolide sur l'étroite route enneigée qui serpentait dans la campagne du Yorkshire. C'était de la folie de rouler à cette allure à la tombée de la nuit, il le savait. A tout moment, il risquait de rater un virage. S'il fonçait dans le talus à sa droite, il s'en sortirait sûrement en un seul morceau, mais s'il percutait la paroi rocheuse qui se dressait de l'autre côté…

Pourtant, malgré le danger, il ne pouvait se résoudre à freiner. C'était plus fort que lui, il fallait qu'il évacue la souffrance qui le rongeait depuis des mois. Existait-il un meilleur exutoire que la vitesse ? Il y avait quelque chose d'enivrant à défier la mort ici, loin de la perfection étouffante de sa maison londonienne.

Cela faisait bientôt un an que son père avait péri dans un tragique accident. Comment Mario Casella, cet homme qui croquait encore la vie à pleines dents à soixante ans, avait-il pu disparaître du jour au lendemain ? Son corps avait été retrouvé, brisé, au milieu des décombres du petit avion qu'il avait appris à piloter.

Les dents serrées, Luiz augmenta encore sa vitesse afin de chasser cette affreuse image de son esprit. C'était sa mère qui lui avait appris la terrible nouvelle. Ni une ni deux, il était parti la rejoindre au Brésil, où il avait essayé de se montrer à la hauteur de la situation. Etant le seul fils de la fratrie, il était *de facto* devenu le chef de famille ; c'était donc lui qui avait dû assumer l'organisation des obsèques, mais aussi gérer la vacance de direction dans la société de son père — tout en continuant de s'occuper à distance de ses propres entreprises.

Il avait su être le roc sur lequel s'étaient reposés sa mère, ses trois sœurs et le reste de leur famille, ainsi que tous les associés de son père. Au lieu de se laisser aller au désespoir, il s'était focalisé sur ses responsabilités. Il avait désigné un successeur à la tête de la société paternelle ; il s'était aussi chargé de revendre la propriété familiale, à la demande de sa pauvre mère, qui ne se sentait plus le cœur d'y vivre. Il lui avait alors déniché une maison dans le voisinage de l'une de ses sœurs, moins spacieuse mais tout aussi luxueuse. Pour elle, il avait fait mettre en lieu sûr toutes les photos, tous les objets de valeur sentimentale, en attendant qu'elle trouve la force d'affronter les souvenirs de son défunt mari.

Tout cela, Luiz l'avait fait sans verser une seule larme.

Après plusieurs mois, il avait fini par retourner à Londres, pour aussitôt se jeter à corps perdu dans le travail. S'imposant un rythme presque inhumain, il avait lancé l'expansion de son empire, ce qui avait eu pour effet de multiplier sa fortune par dix.

Et il ne comptait pas s'arrêter en si bon chemin…

Cet après-midi encore, il avait racheté une société d'électronique en difficulté, basée à Durham, dans le nord du pays. Voyant là l'occasion de changer d'air, il avait tenu à faire le déplacement en personne pour signer le contrat, et avait même décidé de s'octroyer quelques heures de répit dans son emploi du temps surchargé pour rentrer à Londres par ses propres moyens. Après s'être organisé pour pouvoir récupérer sa Porsche à l'aéroport de Durham, il avait pris le volant et, pour la toute première fois depuis le décès de son père, s'était autorisé à relâcher la pression.

S'il avait initialement prévu de rentrer par les grands axes, il n'avait pas tardé à dévier de son parcours pour passer par les voies de campagne, allant même jusqu'à couper son GPS et éteindre son téléphone. Comment résister au défi de ces routes désertes couvertes de neige ? Il négociait chaque virage à une vitesse supersonique, sous les flocons qui s'étaient remis à tomber — comme si la nature s'amusait à tester ses limites. Rien ne troublait le silence sépulcral de l'hiver, hormis le vrombissement puissant du moteur.

Et la tempête de questions qui tourbillonnait dans son esprit.

Son père avait-il souffert avant de mourir ? Avait-il eu peur ? A quoi avait-il pensé pendant le crash, à l'instant où il avait compris qu'il ne lui restait plus que quelques secondes à vivre ? Avait-il éprouvé des regrets ?

Non, sûrement que non… Son père avait été l'exemple même de la réussite. Grâce à sa seule force de caractère et à des années de travail acharné, il s'était arraché à la misère de son milieu d'origine pour grimper un par un les échelons, jusqu'à se faire une place dans le cercle restreint de ceux pour qui l'argent n'est pas un problème. Il avait épousé son amour de jeunesse, qui l'avait épaulé tout au long de ce parcours du combattant et lui avait donné quatre enfants. Qu'aurait-il bien pu regretter après une vie aussi accomplie ?

Luiz crispa les mains sur le volant. Supposer que Mario était parti en paix ne suffisait pas : ne pas en avoir la certitude était insupportable. Son unique certitude, c'était que l'homme qu'il admirait le plus au monde avait disparu pour toujours. A cette pensée, une souffrance intolérable lui lacéra le cœur. Enfonçant une nouvelle fois la pédale d'accélérateur, il avala la route à une vitesse toujours plus folle.

Soudain, l'impitoyable paroi rocheuse surgit devant ses phares.

D'un brusque coup de volant, Luiz braqua à droite. Il réussit à éviter l'impact de justesse, mais la roche racla la carrosserie sur toute sa longueur dans un hurlement déchirant. Prise dans un dérapage incontrôlé, la voiture partit en toupie sur la chaussée glissante avant de heurter le talus de plein fouet.

Etourdi quelques instants par le choc, Luiz reprit ses esprits, la tête dans l'airbag. *Santa Maria!* Il l'avait échappé belle ! Alors qu'il s'extirpait péniblement de son véhicule, un éclair de douleur lui traversa la jambe. Se sentant vaciller, il se retint à la portière et inspecta la blessure avec précaution. Une vilaine estafilade lui barrait la cuisse. Bon, il avait eu de la chance, ça aurait pu être bien pire. Sa Porsche, en revanche, n'était plus qu'un amas de tôles froissées…

Il sortit son téléphone portable de sa poche et l'alluma. Il poussa un juron : pas de réseau. Evidemment, dans un trou perdu comme celui-ci ! Pas le choix, il fallait qu'il avance jusqu'à ce qu'il capte un signal ou croise quelqu'un. Avec sa jambe blessée, voilà qui n'allait pas être une partie de plaisir, mais que pouvait-il faire d'autre ?

Pour ne rien arranger, la neige redoublait d'intensité et de gros flocons lui fouettaient le visage. Il ne manquait plus que ça ! Dire qu'il n'avait même pas emporté son manteau… Ce n'était certainement pas son pull de créateur et son pantalon de costume déchiré qui allaient le protéger ! Il allait être trempé jusqu'aux os en un rien de temps !

« Rien de grave », soupira-t-il en claudiquant vers la route avec un léger sourire. Dans un sens, la douleur physique était une bonne chose : pour la première fois depuis des mois passés à contrôler ses émotions, il se sentait vivant…

Holly était en train de s'occuper des animaux de son refuge quand elle entendit un bruit de raclement et de ferraille tordue résonner dans la nuit. Aussitôt, elle se figea et tendit l'oreille. Elle avait grandi sur cette belle terre sauvage et en connaissait le moindre petit bruit, le moindre changement d'atmosphère. Plus particulièrement en plein mois de février, quand le silence pouvait être absolu.

« Aucun doute, quelqu'un a raté un virage », s'alarma-t-elle en refermant l'enclos pour rentrer en hâte dans son cottage. Alors qu'elle retirait son bonnet, libérant sa crinière de boucles blondes, elle prit un instant pour réfléchir. Devait-elle appeler Andy ? Non, mauvaise idée, son collègue et meilleur ami était descendu en ville ce soir, alors il ne pourrait lui être d'aucune aide.

Alors, téléphoner à Ben Firth, à la caserne ? Ou bien au vieux Abe, pour qu'il fasse venir une ambulance ? Non, le temps que les secours arrivent, il serait peut-être trop tard. Il valait mieux qu'elle se rende elle-même sur le lieu de l'accident, quitte à parcourir ensuite vingt kilomètres pour emmener les blessés à l'hôpital. De toute façon, elle connaissait ce coin mieux que personne et savait exactement dans quelle zone chercher.

Attrapant ses clés de voiture, Holly jeta par réflexe un coup d'œil dans le miroir de l'entrée. Comme d'habitude, les yeux bleus que lui renvoya le reflet n'étaient pas maquillés. Décidément, songea-t-elle avec un soupir dépité, elle n'avait vraiment rien de sexy. Elle était mignonne, d'accord, mais elle avait le visage trop poupin pour être belle, et trop de rondeurs pour s'habiller à la mode. Pas étonnant qu'elle soit toujours célibataire à vingt-six ans…

Mais pourquoi pensait-elle à ça maintenant ? Ce n'était pas du tout le moment de s'apitoyer sur son sort ! Elle verrouilla sa porte avant d'aller s'installer au volant de son vieux 4x4, puis démarra malgré les flocons qui tourbillonnaient de plus en plus fort. Dans le Yorkshire, les hivers étaient toujours rudes : il fallait plus que quelques centimètres de neige pour l'effrayer !

Au bout de son allée, plusieurs directions s'offraient à elle mais Holly tourna à droite sans hésiter. Cette route était la plus dangereuse, la plus tristement réputée pour ses accidents mortels. Tout en roulant aussi vite que le temps le lui permettait, elle ne put s'empêcher de penser à James, le seul petit ami sérieux qu'elle ait eu. Aurait-elle dû faire plus d'efforts pour que leur relation fonctionne ?

Elle avait vécu un peu plus d'un an avec le jeune vété-rinaire, jusqu'au jour où il s'était fait muter dans le sud du pays. Elle s'était alors rendu compte qu'elle ne tenait pas suffisamment à lui pour supporter la distance. Seulement voilà : depuis, le temps passait et elle ne pouvait pas dire que les prétendants se bousculaient à sa porte… D'un autre côté, il était évident que sa vie isolée se prêtait peu aux nouvelles rencontres. Depuis longtemps, ses amis la pressaient de venir s'installer à la ville, mais pas question de renoncer au calme de la campagne pour emménager dans le bruit et la pollution ! Le célibat ne lui pesait pas à ce point.

Et puis, elle aimait bien trop son métier pour changer de vie. Depuis qu'elle était toute petite, elle avait toujours vécu entourée d'animaux. Quand son père était mort, peu après qu'elle eut fêté ses dix-huit ans, elle n'avait eu d'autre choix que de se séparer de leur ferme — jamais elle n'aurait pu gérer une exploitation agricole aussi importante ! Grâce à l'argent de la vente, elle avait pu s'acheter le refuge dont elle s'occupait désormais à plein temps, ainsi que son vieux cottage à la plomberie capricieuse et au système de chauffage antédiluvien. Et, même si elle n'avait pas les moyens de faire des travaux, cet endroit n'en était pas moins son petit havre de paix.

Holly sortit brusquement de sa rêverie : elle venait de repérer la voiture accidentée — ou plutôt ce qu'il en restait. A cette vision, un frisson d'horreur la parcourut. Pourvu qu'il y ait des survivants ! Alors qu'elle s'apprêtait à se garer, elle distingua un peu plus loin sur la route une silhouette qui faisait de grands gestes pour attirer son attention. Comme elle s'arrêtait à sa hauteur, elle remarqua qu'il s'agissait d'un homme bien trop peu couvert pour la saison ; il semblait tenir à peine debout.

Elle rangea son 4x4 et se précipita pour venir en aide au naufragé de la route.

— Y a-t-il quelqu'un d'autre avec vous ? s'inquiéta-t-elle.

Elle lui passa un bras autour de la taille pour le soutenir.

Lorsqu'il s'appuya lourdement sur elle, Holly ploya quelque peu sous son poids, mais sentit un corps puissant sous le tissu trop fin du pull.

— Non, il n'y a que moi, répondit-il dans un souffle.

— Votre voiture…

— Elle est bonne pour la casse, je sais.

— Je vais appeler une dépanneuse pour qu'on vienne la récupérer au plus vite.

Elle l'aida à s'installer sur le siège passager de son véhicule.

— Ne vous donnez pas ce mal, dit-il avec un gémissement de douleur. Je m'en moque complètement.

Cette remarque la sidéra. Qui pouvait bien se moquer d'une dépense aussi considérable qu'une voiture ? D'autant qu'il percevrait peut-être une indemnité de son assurance !

Toutefois, cette question fut vite balayée par d'autres, plus urgentes : manifestement, cet homme avait les idées claires et pouvait plus ou moins marcher ; toutefois, se pouvait-il qu'il soit plus gravement blessé qu'il n'y paraissait ? Si la neige continuait de tomber à cette cadence, elle allait mettre une éternité à se rendre à l'hôpital ! Ne vaudrait-il pas mieux qu'elle essaie de l'examiner pour vérifier qu'il n'y avait pas de blessure sérieuse ?

Prenant place au volant, elle se tourna vers lui, prête à lui proposer son aide, mais les mots moururent aussitôt dans sa gorge. Cet homme était incroyablement beau ! Des traits anguleux et virils, des cheveux de jais coupés court parsemés de flocons de neige, une peau cuivrée qui laissait supposer des origines exotiques… Dans la pénombre, elle ne parvenait pas à distinguer la couleur de ses yeux ; néanmoins, l'intensité de son regard la déstabilisa.

Le cœur battant la chamade, Holly cligna des yeux pour se ressaisir. Malheureusement, elle parla d'une voix aiguë qui ne lui ressemblait pas.

— Comment vous sentez-vous ?

— A merveille. Enfin, si on oublie ma jambe en sang, bien sûr.

Ce sarcasme suffit à lui faire retrouver le sens des priorités.

— Il faut que je vous emmène tout de suite à l'hôpital ! s'exclama-t-elle en démarrant.

Sur la couche de neige de plus en plus épaisse, les roues de sa voiture patinèrent quelques instants dans le vide avant d'adhérer au bitume.

— C'est loin d'ici ? lui demanda l'inconnu.

— Assez, oui. Vous n'êtes pas du coin, n'est-ce pas ?

— Ça se voit tant que ça ?

— C'est votre tenue qui vous trahit. Personne ne s'aventurerait aussi peu couvert à cette saison.

Amusé, Luiz s'appuya contre la vitre pour mieux observer le profil de celle qui avait volé à son secours. Sans cette douleur lancinante à la jambe, qui lui rappelait que tout ceci était bien réel, il aurait pu croire qu'il avait été tué dans l'accident pour se réveiller au paradis tant cette femme lui faisait l'effet d'un ange. Avec son teint de porcelaine, ses longues boucles folles et ses grands yeux clairs, elle était à l'opposé des Londoniennes au bronzage artificiel et au brushing impeccable qu'il croisait tous les jours.

— Ecoutez, dit-elle, il y a trop de neige, je ne pense pas que ce sera possible de vous conduire à l'hôpital. Mais je peux toujours essayer de leur demander d'envoyer un hélicoptère.

A ces mots, Luiz se rembrunit. C'était à cause de sa propre imprudence qu'il avait perdu le contrôle de son bolide.

— Non, ne les dérangez pas pour moi. Ce n'est pas si grave.

— Vous êtes sûr ?

Après un court silence, la jeune femme s'exclama :

— Au fait, je ne me suis pas présentée ! Je m'appelle Holly George.

— Enchanté. Mais, dites-moi, Holly George, que faisiez-vous dehors par ce temps ? Vos parents ne vont-ils pas s'inquiéter ?

Elle sourit, ce qui creusa sur sa joue une adorable fossette.

— Je vis seule. Tout près d'ici, en fait. J'ai sauté dans ma voiture dès que j'ai entendu le bruit de l'accident. J'aurais bien téléphoné à Ben ou au vieux Abe, mais ils auraient mis un temps fou à venir jusqu'ici. C'est le problème quand on vit dans un coin aussi reculé : si on a un souci en plein hiver, il vaut mieux croiser les doigts en espérant pouvoir tenir quelques heures.

— Qui sont Ben et Abe ?

— Oh ! excusez-moi. Ben dirige la caserne de pompiers et le vieux Abe est le médecin de la région.

Cette remarque arracha un sourire à Luiz. A l'entendre, tout le monde se connaissait par ici.

— Et vous, reprit-elle, que faisiez-vous dans les environs ?

— Je me débarrassais de quelques vieux démons.

Luiz fronça les sourcils. Cette réponse lui avait échappé. Depuis quand racontait-il sa vie à une parfaite inconnue ? Son ange gardien dut sentir qu'il ne souhaitait pas s'épancher car elle changea de sujet dès qu'ils quittèrent la route principale.

— Vous voyez la lumière au bout de l'allée ? C'est chez moi. Je tiens un refuge.

— Un refuge ?

— Oui, un refuge pour animaux. Les bâtiments sont là-bas, juste à côté de la grange, vous voyez ? En ce moment, nous avons près de cinquante bêtes — des chiens, des chats, des poules, un âne… L'année dernière, nous avions même récupéré un couple de lamas ; heureusement un parc zoologique les a vite adoptés.

Luiz n'en croyait pas ses oreilles. Des poules, des ânes, des lamas… Sur quelle planète avait-il atterri ?

— Et vous, que faites-vous dans la vie ? l'interrogea la jeune femme.

Il s'apprêtait à répondre lorsqu'ils se garèrent devant

un petit cottage. L'éclairage de la porte d'entrée illumina tout à coup l'intérieur de la voiture. Le souffle coupé, Luiz étudia le visage en forme de cœur que la conductrice tourna vers lui, remarquant les détails qui lui avaient échappé dans l'obscurité. Elle avait les yeux les plus bleus qu'il ait jamais vus, mis en valeur par de longs cils noirs, et une bouche pulpeuse parfaitement dessinée.

Il laissa son regard glisser sur ses mains fines — pas d'alliance, ni de bague de fiançailles. En fait, elle semblait ne porter aucun bijou et était d'ailleurs très mal habillée : un affreux bonnet de laine, un anorak vert, un gros pull informe, un vieux jean et même des bottes de caoutchouc. Cela faisait bien longtemps qu'il n'avait pas rencontré quelqu'un qui accordait aussi peu d'importance à son apparence.

— Vous ne m'avez pas dit votre nom. Attendez, enchaîna-t-elle sans attendre de réponse, je vais vous aider à descendre. On va jeter un œil à votre blessure ; si elle n'est pas trop grave, je peux peut-être vous arranger ça avec ma trousse de secours. J'ai l'habitude des plaies superficielles ; dans mon travail, il vaut mieux ne pas être douillet.

« Quel moulin à paroles ! » s'amusa Luiz en réprimant un sourire. Il prit appui sur l'épaule de la jeune femme et, lentement, elle le guida jusqu'à sa cuisine, où elle l'aida à s'asseoir sur une chaise massive.

— Je reviens tout de suite, dit-elle.

Luiz promena un regard dubitatif sur la pièce. La décoration était bien trop rustique pour lui : de grosses poutres au plafond, des meubles de bois encombrants, un carrelage fissuré... Quel manque de goût !

Son hôtesse revint presque aussitôt, une trousse de secours à la main. Dès que leurs regards se croisèrent, elle baissa nerveusement les yeux.

— Alors, voyons cette blessure...

— Le mieux serait que vous m'aidiez à enlever mon

16

pantalon, suggéra-t-il. Comme ça, vous pourrez y voir plus clair pour me soigner.

Holly leva vers lui de grands yeux ébahis, avant de rougir jusqu'aux oreilles.

— Non, je vais le découper, ça sera plus simple. De toute façon, comme il est déjà déchiré, le vêtement est fichu. C'est dommage, un si beau tissu...

Elle s'agenouilla alors devant lui, une vision qui déclencha en Luiz une brusque flambée de désir. Que lui arrivait-il ? Pourquoi cette femme lui faisait-elle un tel effet ? Elle n'avait pourtant rien des mannequins qu'il avait l'habitude de fréquenter ! Au contraire, maintenant qu'elle avait retiré son anorak, il voyait qu'elle était tout en courbes. Même son pull ne parvenait pas à cacher sa poitrine généreuse.

Tandis qu'elle entreprenait de découper la jambe de son pantalon, une image s'imposa à l'esprit de Luiz : elle, entièrement nue, qui le déshabillait avec sensualité avant de s'offrir à lui, ici même, sur cette chaise... Ce fantasme le fit se sentir si à l'étroit dans son boxer qu'il ne put s'empêcher de remuer sur sa chaise, les poings serrés.

— Je vous ai fait mal ?

Esquissant un sourire crispé, il secoua la tête. Comment réagirait-elle s'il lui avouait ce qu'il venait d'imaginer ? L'effroi ferait sans doute place à l'inquiétude.

— Je vous préviens, ça risque quand même d'être douloureux. Oh ! je sais ! s'exclama-t-elle en se relevant. Attendez une seconde.

Elle revint un instant plus tard avec une boîte de médicaments et lui servit un verre d'eau.

— Tenez, prenez un analgésique. Ça vous soulagera.

Il s'exécuta. Tandis qu'elle sortait de sa trousse de quoi nettoyer la plaie, sa belle secouriste improvisée lui lança un regard en coin.

— Je ne connais toujours pas votre nom, vous savez.

— Ah, oui. Je m'appelle Luiz. Luiz... Gomez, lâcha-t-il non sans un pincement de culpabilité.

C'était le nom de famille du jardinier de ses parents qu'il venait de donner. Mentir n'avait pourtant jamais été dans ses habitudes. Mais changer d'identité pour la soirée lui était tout à coup apparu comme une bonne idée : ici, dans cet environnement totalement étranger, avec cette femme si simple, il avait l'occasion d'être un autre homme. Juste pour quelques heures, il n'aurait pas à être Luiz Casella, le bourreau de travail à la tête d'un empire, celui vers qui tout le monde se tournait toujours, celui qui devait être opérationnel à tout moment. S'accorder un peu de répit, loin des responsabilités de son quotidien, n'était pas un crime, n'est-ce pas ?

— Et d'où venez-vous, Luiz ?

— Je vis à Londres depuis quelques années mais je suis brésilien.

A l'évocation de son pays natal, une étincelle s'alluma dans le regard de l'Anglaise. Elle enchaîna alors sur les endroits qu'elle rêvait de visiter, tout en lui soignant la jambe de ses doigts agiles.

C'était étrange, en sa présence, il se sentait comme… apaisé. C'est à peine si sa blessure le faisait encore souffrir.

C'est alors qu'une idée lui vint. Et s'il s'octroyait quelques jours de congé ? Voilà ce qui lui ferait le plus grand bien : rester au calme dans ce coin reculé, là où personne ne viendrait l'importuner. Et puis, pourquoi ne pas en profiter pour faire plus ample connaissance avec cette charmante jeune femme ? Il n'y avait qu'à voir la façon dont elle se mettait à bafouiller dès que leurs regards se croisaient pour comprendre qu'il ne la laissait pas indifférente.

Cerise sur le gâteau : pour elle, il ne représentait rien de plus qu'un inconnu blessé. Pour une fois, il avait affaire à une femme qui n'avait pas la moindre idée de sa fortune, une femme qui ne se pâmerait pas devant lui simplement parce qu'il était quelqu'un d'important.

Quelle idée séduisante…

— Et voilà ! s'exclama-t-elle avec un grand sourire. Vous aurez sans doute besoin de quelques points de suture mais, en attendant de voir un médecin, c'est toujours mieux que rien !

Holly jeta un regard satisfait au bandage qu'elle avait réalisé. Comment avait-elle pu le réussir en étant aussi nerveuse ? Cet homme la troublait tant ! Non seulement il avait un charisme fou, mais il n'était pas du genre à se plaindre, ce qui lui plaisait beaucoup. Et cette façon qu'il avait de poser sur elle ses yeux d'une couleur fascinante — un noir profond constellé d'éclats dorés… Elle en avait des frissons partout. Pourvu qu'elle ne l'ennuie pas à parler de tout et de rien ! Lorsqu'elle perdait ses moyens, elle devenait plus bavarde qu'une pie !

Soudain, sa voix la tira de ses pensées.

— Y a-t-il un endroit où je pourrais passer la nuit, dans les environs ?

— Vous n'auriez pas pu choisir pire endroit pour avoir un accident, répondit-elle avec un petit rire contrit. L'hôtel le plus proche est à plus de trente kilomètres. Mais vous pouvez dormir ici cette nuit, si vous voulez. Je vais m'occuper du repas, puis je vous préparerai la chambre d'amis.

Alors que Holly commençait à s'activer dans la cuisine, elle ne put s'empêcher de s'interroger : le beau Brésilien était-il célibataire ?

— Avez-vous besoin du téléphone pour prévenir quelqu'un de votre accident ? demanda-t-elle innocemment. Votre femme, peut-être… ?

Elle sut au sourire qu'il lui retourna qu'il n'était pas dupe.

— Je n'ai ni femme ni petite amie. Personne à contacter.

Bien que cette réponse fût celle qu'elle avait espéré entendre, Holly ne savait plus où se mettre. Alors, elle reporta son attention sur la cuisson des œufs et du bacon, et se remit à bavarder nerveusement. Elle lui parla du refuge, des animaux, des collectes locales qui constituaient son unique moyen de financement.

Au cours du repas, son patient lui expliqua qu'il était représentant de commerce pour le compte d'une entreprise d'informatique, ce qui l'amenait à voyager beaucoup. Cependant, il ne s'étendit pas sur le sujet — sûrement parce qu'elle avait avoué ne pas comprendre grand-chose aux ordinateurs —, et il ramena vite la conversation sur le refuge. Il lui posa toutes sortes de questions, et semblait sincèrement intéressé par ses réponses. Emportée par cette cause qui lui tenait à cœur, Holly, de plus en plus à l'aise, retira le pull qui lui donnait trop chaud et se retrouva en T-shirt moulant.

La flamme qui s'alluma aussitôt dans les yeux de son invité ne lui échappa pas. Pourtant, elle n'en éprouva aucune gêne. Au contraire, le regard caressant dont il l'enveloppait était très agréable. Pour la première fois depuis bien longtemps, elle se sentit désirable.

Ce fut lui qui brisa le silence chargé d'électricité.

— Tout compte fait, je vais peut-être rester ici plus d'une nuit.

Holly en resta sans voix. Qu'entendait-il par rester ici ? Voulait-il dire qu'il logerait dans la région le temps que sa blessure guérisse, ou bien chez elle ?

Elle s'avoua soudain qu'elle n'avait rien contre l'idée de partager son intimité avec cet homme. Seigneur, que lui arrivait-il ? Jamais elle ne pensait des choses pareilles ! Sentant qu'elle perdait ses moyens, elle bondit de sa chaise pour débarrasser la table.

— Votre patron ne va-t-il pas vous reprocher de prendre quelques jours de congé ?

— Mon patron ? Oh ! je… Je suis sûr qu'il comprendra.

— Mais, quand vous parlez de rester ici, à quoi pensez-vous, exactement ?

— Eh bien, je vous avoue que rester chez vous me paraît plus pratique que d'aller à l'hôtel, s'il est si loin. Mais je compte bien vous dédommager ! En fait, je suis

prêt à y mettre le prix. Je veux dire, corrigea-t-il précipi-
tamment, que, connaissant l'amour que mon patron porte
aux animaux, je suis certain qu'il n'hésiterait pas à faire
un don généreux à votre refuge.

— Vous voulez rire ! s'étrangla Holly. Pour rien au
monde je ne vous réclamerais de l'argent ! Il faudrait être
un rapace pour vouloir tirer profit de la détresse d'autrui !

Luiz lui retourna un regard stupéfait. Décidément, il
n'avait jamais vécu une soirée comme celle-ci ! C'était
bien la première fois qu'une femme refusait son argent.
Ses maîtresses adoraient qu'il les couvre de cadeaux —
bijoux, voitures, voyages… Mais bien sûr, si Holly s'était
doutée de la taille de son compte en banque, elle aurait
accepté son offre sans hésiter. Il connaissait suffisamment
les femmes pour savoir qu'elles étaient toutes pareilles sur
ce point. Là, elle éprouvait seulement des scrupules parce
qu'elle le prenait pour un VRP qui ne roulait pas sur l'or.

D'un autre côté, il tenait à la remercier de lui avoir
sauvé la vie ; sans elle, il serait sûrement mort de froid à
l'heure qu'il était ! Et puis, il était touché par la passion
qu'elle semblait mettre dans son travail. Même lui n'était
pas aussi enthousiaste quand il concluait une affaire
fructueuse ! L'entendre parler de ses animaux lui avait
vraiment donné envie de lui apporter un soutien financier.
Malheureusement, empêtré dans son mensonge comme il
était, il lui fallait trouver une autre solution…

— Laissez-moi tout de même vous montrer ma gratitude
d'une façon ou d'une autre. Je peux vous aider à monter
un site internet, si vous voulez ? Cela fera un peu de pub
à votre refuge.

— Vous êtes un ange ! Mais ne vous embêtez pas
pour moi. La seule chose qui compte, c'est que vous vous
rétablissiez. Puis-je vous offrir un thé ?

Il accepta et elle alla mettre de l'eau à bouillir.

— Après, reprit-elle, je vous aiderai à monter dans votre chambre. Et demain matin je téléphonerai au vieux Abe pour lui demander de venir vous examiner. La neige a l'air de se calmer : avec sa Jeep, il ne devrait pas avoir de mal à venir jusqu'ici.

— Est-ce que vous êtes toujours aussi optimiste ? s'étonna-t-il.

Cette fois encore, le sourire qu'elle lui offrit le désarma.

— Il faut dire que j'ai beaucoup de chance. Je vis dans un endroit magnifique, j'adore mon métier, j'ai des amis.

Son sourire s'effaça alors qu'elle posait deux tasses sur la table.

— Par contre, je n'ai plus mes parents. Ma mère est morte quand j'étais petite, mon père il y a quelques années. Mais je me console en me disant qu'ils ont eu une vie heureuse.

— Cela vous suffit à faire le deuil ? demanda Luiz avec une grimace.

Comment pouvait-elle accepter si facilement une réalité que, personnellement, il trouvait insupportable ?

— Bien sûr.

Elle reprit place en face de lui. Enveloppant sa tasse des deux mains, elle souffla sur son thé fumant avant d'en boire une gorgée. Elle passa pensivement le bout de sa langue sur ses lèvres, puis leva le nez vers lui.

— Pardonnez ma curiosité mais, tout à l'heure, quand vous avez dit vous débarrasser de vieux démons, qu'entendiez-vous par là ?

Luiz la dévisagea en silence. Si n'importe qui d'autre lui avait posé cette question, il l'aurait remis à sa place d'un seul regard. Pourtant, quand il plongea dans ces yeux bleus bienveillants, il éprouva soudain le besoin de se libérer de son fardeau.

Alors, il s'autorisa à parler de son père. Après tout, ce soir, il n'était pas Luiz Casella, mais Luiz Gomez, un homme ordinaire qui n'avait pas à cacher ses sentiments. Quand s'était-il ouvert à quelqu'un pour la dernière fois ? Lorsque l'on portait autant de responsabilités professionnelles que lui, se confier passait pour un signe de faiblesse. Et, dans cette jungle qu'était son quotidien, on ne faisait pas de quartier aux faibles.

Holly lui prêta une oreille attentive qui lui fit le plus grand bien. Elle réussit à lui faire oublier sa jambe blessée, son corps endolori, sa voiture démolie et son chagrin.

Au bout d'une heure, sa décision était prise : il allait séduire Holly George.

2.

Un an et demi plus tard

Jouant nerveusement avec une boucle d'oreille, Holly contempla le cadre romantique qu'elle avait aménagé à l'arrière du cottage : elle avait dressé sur sa petite table une nappe spécialement achetée pour ce soir et avait sorti sa plus belle vaisselle. Une bouteille de vin reposait dans son seau à glace, et les chandelles n'attendaient plus qu'à être allumées. « Parfait, songea-t-elle, absolument parfait. »

Pour ce qui lui sembla être la centième fois, elle vérifia sa montre et sentit son cœur s'affoler dans sa poitrine. 18 h 30, le taxi de Luiz n'allait plus tarder !

Chaque week-end, leurs retrouvailles étaient inoubliables, même après tous ces mois.

Pourtant, ce soir, il fallait qu'ils aient une discussion sérieuse… A cette idée, ses mains se mirent à trembler et elle s'essuya nerveusement les paumes sur le tissu léger de sa robe.

Alors qu'elle rentrait dans la maison pour attendre l'arrivée de Luiz dans le salon, elle fut prise d'un vertige et s'assit dans le fauteuil. Seigneur, quand la canicule allait-elle se terminer ? Sous cette chaleur, les trois dernières semaines avaient été un supplice ! Même pour elle qui avait toujours eu l'habitude de se lever aux aurores, sortir du lit lui demandait un effort monumental ces jours-ci.

Il n'y avait qu'à observer les animaux pour comprendre

que les températures étaient anormalement élevées : au lieu de gambader et de profiter du soleil, ils se terraient tous dans les coins d'ombre, léthargiques.

Comme son vertige se dissipait, Holly s'épongea le front. Le Yorkshire n'était pas fait pour les étés étouffants, mais pour la brise agréable du printemps, les brumes de l'automne et les étendues de neige de l'hiver. Cette remarque avait fait rire Luiz, qui lui avait rétorqué qu'elle supporterait mieux la chaleur si elle installait un système de climatisation dans le cottage. Elle se souvenait de lui avoir gentiment reproché d'être trop terre à terre, alors qu'en vérité leurs caractères se mariaient à merveille. Si on lui avait dit, le jour de leur rencontre, que cet homme incroyable finirait par devenir le centre de sa vie, elle ne l'aurait jamais cru.

Si seulement ils pouvaient se voir plus souvent ! Hélas, il lui était impossible de laisser ses animaux pour aller retrouver Luiz à Londres ; quant à lui, il ne pouvait se permettre de prendre de jours de congé. En revanche, ils se téléphonaient presque tous les soirs.

Luiz n'aimait pas beaucoup parler de son travail de représentant ; selon lui, les week-ends servaient à se vider la tête. Comment lui en vouloir ? Ensemble, ils passaient des moments si intenses, si merveilleux… Sans le moindre doute, rencontrer Luiz avait été la meilleure chose qui lui soit arrivée.

Plus qu'un amant, il était son âme sœur. Avec lui, elle pouvait tout partager, discuter de tout et de rien. Il la faisait rire, et elle pouvait toujours compter sur lui en cas de problème au refuge. Ainsi, l'hiver précédent, une effroyable tempête de neige avait emporté le toit de la grange. Alors que la banque avait refusé de lui accorder un prêt pour financer les réparations, Luiz avait tout arrangé. A vrai dire, il avait même fait mieux que ça : il avait réussi à convaincre le directeur de la banque de lui accorder un prêt d'un montant qui dépassait toutes ses espérances. Cette rentrée d'argent inattendue avait permis à Holly de réaliser bien plus de travaux qu'elle ne l'avait prévu et de refaire toutes les installations aux normes de sécurité.

Le mois suivant, Luiz avait fait une trouvaille tenant du miracle : en étudiant de vieux papiers et actes de vente, il avait découvert l'existence d'un compte en banque ouvert à l'époque où son père avait acheté leur ancienne ferme. Les intérêts s'étant accumulés au fil des ans, elle avait pu récupérer une somme phénoménale, qui lui avait permis de rembourser instantanément son prêt.

Holly se rendit alors compte que, comme chaque fois qu'elle pensait à Luiz, elle caressait amoureusement le pendentif rouge qu'il lui avait offert à Noël. Dire qu'elle lui avait reproché cette folie parce qu'elle avait cru à un véritable rubis ! Elle revoyait encore son air penaud lorsqu'il lui avait avoué qu'il ne s'agissait que d'une imitation. Par l'intermédiaire d'une connaissance, il avait rencontré un artisan capable de réaliser des reproductions parfaites ; depuis, il n'avait eu de cesse de la couvrir de bijoux magnifiques.

En comparaison, le pull qu'elle lui avait tricoté avait paru bien misérable, mais elle n'avait pas tardé à se rattraper en lui dénichant l'édition originale d'un de ses romans préférés dans une librairie spécialisée. Cette fois-là, c'était Luiz qui s'était inquiété alors qu'en réalité cette dépense n'avait pas mis les finances de Holly en péril. Depuis que son amant lui avait créé un site internet, les comptes du refuge n'avaient jamais été aussi bons. Les dons suffisaient à couvrir tous ses frais et, grâce à l'incroyable générosité de deux donateurs anonymes, elle parvenait même à placer de l'argent de côté.

Perdue dans ses pensées, Holly sursauta au son de la sonnette. Traversée d'un frisson d'anticipation, elle courut ouvrir la porte.

— J'ai bien cru que le taxi n'arriverait jamais ! s'exclama Luiz en claquant la porte derrière lui. Je meurs d'envie de te serrer dans mes bras depuis que j'ai sauté dans le train !

Aussitôt dit, aussitôt fait. Saisissant Holly par la taille, il l'embrassa à pleine bouche. En un instant, le désir qui s'empara de lui balaya la pointe de culpabilité qui le titillait à chaque nouveau mensonge. Il n'était pas venu en train, mais à bord de son hélicoptère privé. Or Holly était loin de se douter qu'il avait les moyens de voyager dans un tel engin ! Heureusement qu'il n'était pas obligé d'utiliser un transport plus lent pour la retrouver car l'attente l'aurait rendu fou ! Jamais une femme n'avait réussi l'exploit de retenir son attention aussi longtemps.

Enivré par le parfum de jasmin qu'elle portait, Luiz s'arracha à ses lèvres pour couvrir son cou de baisers, puis il la plaqua contre le mur et entreprit de déboutonner sa robe.

— Du vin nous attend dehors, dit-elle en riant.

— Le vin peut bien attendre encore un peu. Moi, en revanche… *Santa Maria*, pourquoi as-tu choisi une robe avec autant de boutons ? Est-ce que tu cherches à me faire perdre la tête ?

— Je ne porte pas de soutien-gorge…, répondit-elle avec un sourire coquin.

Il n'en fallut pas davantage pour l'enflammer au plus haut point. Il se retint de justesse de lui arracher sauvagement sa robe — la dernière fois qu'il avait déchiré un vêtement dans la fièvre du moment, Holly avait passé le week-end à lui reprocher de ne pas avoir conscience du coût des choses.

Enfin, il réussit à venir à bout des boutons et fit glisser la robe sur le sol. A peine prit-il dans le creux de ses mains ces seins qu'il aimait tant que sa belle Anglaise poussa un soupir d'aise. Ce fut plus qu'il ne pouvait supporter. Sans plus attendre, il la souleva et l'emmena dans le salon. Le canapé était assez large pour les contenir tous deux, ce qui était bien utile dans les moments où, comme aujourd'hui, ils étaient trop pressés pour prendre le temps d'aller à l'étage.

Luiz se redressa pour retirer sa chemise. Il admira un instant le spectacle qui s'offrait à lui : Holly, qui n'était plus vêtue que d'une culotte de dentelle noire, le fixait les yeux mi-clos dans une pose délicieusement suggestive. Bon sang, ce qu'elle était sexy ! Se lasserait-il un jour de ses courbes de rêve ? Tout en elle respirait la sensualité, même la façon dont ses boucles blondes aux reflets caramel retombaient sur les coussins. Comment, avant de la rencontrer, avait-il pu se contenter de fréquenter des femmes filiformes, plus préoccupées par l'état de leur coiffure que par l'homme qui partageait leur lit ?

Holly adorait la faim sensuelle qu'elle lisait dans le regard de Luiz. Dans ses yeux, elle se sentait belle, désirable, indispensable. Dans ses bras, elle se sentait femme. Mais ce qu'elle adorait par-dessus tout, c'était l'effet qu'elle avait sur lui. Joignant le geste à la pensée, elle le débarrassa de son pantalon et de son boxer, puis promena les doigts le long du sexe fièrement dressé. Le gémissement étouffé qu'il poussa alors l'emplit de satisfaction. Elle pouvait dire qu'elle savait s'y prendre à présent pour lui donner du plaisir ; la Holly nerveuse de leur première fois était loin, bien loin…

Elle se rappelait encore la peur de ne pas être à la hauteur qu'elle avait éprouvée ce soir-là, quelques jours à peine après leur rencontre. Il avait suffi que Luiz lui effleure sensuellement la nuque pour qu'elle comprenne qu'il était bien plus expérimenté qu'elle. Faire l'amour avec un homme qu'elle connaissait à peine n'était pas dans ses habitudes, tant s'en fallait. Cependant, comment aurait-elle pu rester de marbre devant cet apollon aussi charmant qu'intelligent, qui s'était confié à elle avec une facilité déconcertante ? Son corps s'était enflammé à la seconde où il avait posé ses lèvres sur les siennes, puis elle s'était laissé emporter par une vague de passion.

Une passion qui ne s'était jamais éteinte depuis, comme le prouvait encore la réaction de Luiz.

— Si tu continues comme ça, souffla-t-il, je ne réponds plus de rien !

Dans un éclat de rire, Holly mit fin à sa torture érotique. Alors, Luiz fit aussitôt voler le bout de dentelle qui couvrait encore sa féminité. Lorsqu'il glissa la main entre ses cuisses, elle ne put retenir un frisson de plaisir.

Pourtant, l'image de la table dressée sur le patio s'imposa à son esprit.

— Attends, Luiz… Je voulais te parler de quelque chose.

— Tu veux rire ? répondit-il avec un sourire enjôleur. Tu sais aussi bien que moi que tu adores quand je me jette sur toi dès mon arrivée ! Tu ne peux jamais me résister.

Holly fit mine de s'offusquer.

— Luiz Gomez ! Ce que vous pouvez être prétentieux !

— Je ne fais que rapporter ce que me dit ton corps, *querida*. Ce que je sens sous mes doigts, ce n'est pas une femme qui a envie de discuter…

Comme pour achever de la convaincre, il fit courir une langue brûlante sur sa poitrine offerte. Il n'en fallut pas davantage à Holly pour oublier la conversation qui les attendait. Basculant la tête en arrière, elle se laissa aller aux sensations délicieuses qui déferlaient en elle et s'arqua pour mieux se presser contre le corps puissant de son amant.

Et, quand enfin il entra en elle d'une seule poussée, elle fut transportée dans un univers de plaisir pur. Leurs corps ne firent plus qu'un, suivant un rythme de plus en plus frénétique. Bientôt, elle ne fut plus que soupirs et gémissements, jusqu'à ce qu'ils atteignent ensemble l'extase ultime, accrochés l'un à l'autre comme s'ils étaient seuls au monde. Plus que tout, elle aurait voulu lui crier son amour, mais elle se retint *in extremis*.

Lorsque Luiz roula sur le côté, à bout de souffle, Holly ne parvint pas à savourer le moment de plénitude qui suivait habituellement leurs étreintes. Avouer ses sentiments à cet homme aurait dû être la chose la plus naturelle du monde après un an et demi de bonheur. Pourtant, elle n'osait pas. Et si ces quelques mots ne parvenaient qu'à réveiller les fantômes du passé ? Ne risquait-elle pas de le faire fuir ?

Il lui avait confié avoir vécu une rupture difficile avec une certaine Clarissa, une femme qu'il avait failli épouser sept ans plus tôt. Holly ne connaissait pas tous les détails de l'histoire car Luiz s'était renfermé dans sa coquille dès qu'il avait abordé le sujet, et elle n'avait pas insisté. D'après ce qu'elle avait compris, sa fiancée l'avait mené en bateau. Alors sans doute n'avait-il aucune envie de s'entendre dire qu'elle l'aimait plus que tout au monde.

Sauf si…

Un frisson d'espoir la parcourut. Qui sait, Luiz avait peut-être deviné les sentiments qu'elle lui portait ? Mieux : s'il les partageait ? Depuis le temps, le désir qu'il éprouvait pour elle avait bien pu se transformer en… en autre chose, n'est-ce pas ? Une relation purement physique ne pouvait durer aussi longtemps !

Tout à ses espérances, elle frémit lorsque Luiz l'attira dans le cocon de ses bras.

— Comment t'y prends-tu pour me faire perdre tout contrôle sur mon corps ? souffla-t-il en effleurant d'un doigt le contour de ses lèvres. Je meurs déjà d'envie de recommencer. En prenant tout notre temps, cette fois.

Elle esquissa un sourire flatté mais était trop assaillie par les doutes pour envisager de refaire l'amour. Le moment était-il venu d'ouvrir son cœur ou était-ce encore trop tôt ? Ne risquait-elle pas de tout gâcher ? Pourtant, c'était plus fort qu'elle, il fallait qu'elle sache où allait leur relation ; cette question troublait son sommeil depuis déjà bien trop longtemps. Puisqu'elle avait l'occasion d'aborder le sujet de manière détournée, autant ne pas la rater.

Presque à regret, elle rétorqua d'un ton innocent :

— Ne me dis pas que je suis la première à te faire cet effet. Et cette… Clarissa, dont tu m'as déjà parlé ?

Luiz fronça les sourcils. Pourquoi Holly mentionnait-elle son ex-fiancée maintenant ? Il avait presque oublié qu'il s'était un jour laissé aller à lui raconter la plus grosse erreur de sa vie… Il était resté vague, bien sûr, mais tout de même comment cet aveu avait-il pu lui échapper ? Holly exerçait un étrange pouvoir sur lui, depuis le tout premier jour. Elle avait ce je-ne-sais-quoi qui poussait à la confidence.

Pourquoi occupait-elle une place si spéciale dans sa vie ? Etait-ce parce que son caractère enjoué était comme une bouffée d'air frais dans son quotidien ? Ou plutôt parce que, cette fois-ci, il n'avait pas à se méfier des intentions d'une femme ?

Il plongea dans les grands yeux clairs de Holly, qui visiblement attendait une réponse. Etait-elle juste curieuse ou avait-elle une idée derrière la tête ? Il préféra balayer sa question d'un revers de la main.

— Ne parlons pas de ça. A quoi bon remuer le passé ? Je ne te pose pas de questions sur ton ex, si ?

Avec un sourire espiègle, il prit ses lèvres douces en un baiser qui réveilla aussitôt ses sens. Toutefois, Holly ne tarda pas à s'écarter.

— Ça n'a rien d'étonnant, je t'ai déjà raconté tout ce qu'il y a à savoir sur ma relation avec James.

— Mais pourquoi est-ce que Clarissa t'intéresse, tout à coup ?

— Sans raison, dit-elle en détournant le regard. J'aimerais seulement savoir ce qui s'est passé avec elle.

Avec un soupir de frustration, Luiz se redressa et se rhabilla à contrecœur. Il n'avait aucune envie de s'aventurer sur ce terrain glissant ! Hélas, c'était trop tard : déjà, des souvenirs désagréables affluaient à sa mémoire.

Clarissa James, cette tornade brune, avait réussi à piquer sa curiosité en jouant les difficiles… Après quelques mois de passion, il avait fini par se lasser et avait voulu la quitter. A ce moment-là, il s'était aperçu qu'il était tombé sur la pire des manipulatrices. Elle l'avait piégé en déclarant être enceinte ; et, puisque sa famille, si traditionaliste, n'aurait jamais accepté qu'il ait un enfant hors mariage, il avait dû se résoudre à se fiancer. Une chance qu'il ait trouvé par hasard sa plaquette de pilules contraceptives peu avant les noces ! Pendant la semaine qui avait suivi, il avait vérifié chaque jour son sac à main. En constatant que les comprimés disparaissaient un à un, il avait eu la confirmation que cette garce lui avait menti. A coup sûr, elle avait prévu d'attendre qu'ils soient mariés avant de faire croire à une fausse couche.

Par la suite, il avait dû subir les mises en garde de sa famille contre les croqueuses de diamants. Ses sœurs s'étaient fait une joie de se mêler de sa vie privée, soi-disant pour lui éviter une nouvelle déconvenue, mais il n'avait pas tardé à les remettre à leur place.

Alors qu'il terminait de reboutonner sa chemise, il vit que Holly se rhabillait à son tour.

— Pourquoi ne veux-tu rien me dire ? lui reprocha-t-elle.

— Mais parce qu'il n'y a rien à dire !

— Est-ce que tu l'aimais ?

Cette question le prit de court. Pourquoi insistait-elle ? Avait-elle décidé de gâcher la soirée ? Pour la première fois depuis le jour de leur rencontre, il eut la désagréable impression que l'identité qu'il s'était créée n'était plus une si bonne idée…

— C'est ce que j'ai cru à l'époque, prétendit-il. J'avais tort.

— Mais cette rupture t'a laissé des cicatrices.

— Evidemment. Les mauvaises expériences laissent toujours des cicatrices. Bon, ajouta-t-il en croisant les bras, est-ce qu'on va passer la soirée à épiloguer sur mes vieux états d'âme, ou allons nous enfin goûter ce vin qui nous attend dehors ?

— Il doit être trop chaud, maintenant…

Holly suivit Luiz sur le patio, désemparée. Pourquoi avait-elle prévu ce repas romantique ? Quelle idée ridicule ! Comment avait-elle pu croire une seule seconde qu'elle arriverait à aborder en douceur le sujet de leur avenir ?

A présent, une autre question lui empoisonnait le cerveau : comment pouvait-elle si mal connaître la vie de Luiz ? Lui savait tout d'elle, peut-être même mieux que ses amis les plus chers ! C'était comme s'il cherchait à garder des zones d'ombre… Qu'avait-il à cacher ? N'avait-il pas confiance en elle ?

— Tu as raison, dit Luiz en soulevant la bouteille de vin, il est trop chaud. Mais ce n'est pas grave.

Il s'approcha d'elle et se glissa dans son dos pour la serrer contre lui.

— Et si on recommençait à zéro ? Oublions le vin et allons plutôt au restaurant. Je t'ai apporté un petit cadeau que tu pourras porter ce soir.

Il lui déposa un léger baiser dans le cou, puis sortit de sa poche un boîtier en velours qu'il lui tendit. Holly l'accepta presque à contrecœur et l'ouvrit. Elle découvrit un magnifique bracelet. Comme elle le soulevait délicatement, les pierres accrochèrent les rayons du soleil. Ces faux diamants étaient si réalistes ! Cet artisan avait vraiment de l'or dans les doigts.

— Il est superbe, le remercia-t-elle. Mais tu n'aurais pas dû.

— Tu me dis ça chaque fois que je t'offre quelque chose.

— Oui, parce que, même si je m'évertue à te répéter que je n'ai pas besoin de bijoux, tu continues de m'en couvrir. Tu es adorable, mais tu ferais mieux de garder ton argent pour des choses plus importantes. Je sais que la vie est chère, à Londres.

Son amant lui avait parlé d'un petit appartement dans la capitale, qu'il possédait depuis quelques années. Il n'avait pas dit combien cela lui avait coûté mais, à n'en pas douter, la majorité de son salaire devait passer tous les mois dans le remboursement de son emprunt !

— Laisse-moi gérer mes comptes comme je l'entends, murmura-t-il, et dis-moi plutôt où tu voudrais manger.

— J'ai préparé des souris d'agneau, dit-elle. Je pensais que nous pourrions manger ici et… discuter un peu.

Luiz se tendit aussitôt. N'avaient-ils pas suffisamment discuté pour ce soir ? Holly s'installa à la table et il s'assit face à elle.

— Discuter ? Mais de quoi ?

— Eh bien… de nous, répondit-elle avec un gloussement qu'il ne lui connaissait pas.

Il fronça les sourcils. Malgré le sourire qu'elle arborait, il la sentait nerveuse. Quelque chose n'allait pas.

— Nous parlons de nous tous les soirs au téléphone !

— Non, Luiz. Se raconter nos journées n'est pas la même chose que parler de nous. Et puis, soit dit en passant, c'est surtout moi qui te raconte mes journées.

Il préféra ne pas relever cette dernière remarque et s'efforça de ne pas trahir son malaise.

— Je ne vois pas ce qu'il y a à dire.

Que se passait-il, bon sang ? Tout à coup, il avait l'impression que ce n'était plus une table qui les séparait, mais un gouffre. Il aimait ce qu'il partageait avec Holly depuis un an et demi et… Seigneur, un an et demi ! réalisa-t-il subitement. Il secoua la tête pour chasser cette pensée.

Holly était douce, facile à vivre, toujours aux petits soins pour lui ; c'était exactement pour ces raisons qu'il avait envie de la gâter en la couvrant de bijoux, même si elle n'avait pas la moindre idée de leur véritable valeur. Jamais il n'avait fait autant d'efforts pour une femme. Alors, que demandait-elle de plus ?

Elle se mordit la lèvre.

— C'est juste que… tu sais absolument tout de moi, alors que je ne sais presque rien de toi. Tu ne m'as jamais invitée dans ton appartement, par exemple.

— Tu ne m'as jamais dit que tu en avais envie.

Et heureusement, d'ailleurs ! Comment aurait-il pu l'inviter chez lui sans qu'elle découvre le pot aux roses ?

— Tu sais tout ce qui est important, argua-t-il.

— Mais tu ne me parles jamais de ton travail ! Tu trouves ça normal ?

Luiz leva un sourcil perplexe.

— Tu veux rire ? Je te perds dès que je prononce le mot « ordinateur ».

— Ce n'est pas d'ordinateurs dont je veux parler

mais de tes projets d'avenir, de tes rêves, de ton ambition professionnelle. Ou même de tes collègues. Est-ce que tu t'entends bien avec eux ? Je suis sûre que les femmes sont toutes amoureuses de toi, ajouta-t-elle avec un petit rire aigu.

— Mais enfin, Holly, où veux-tu en venir ? Es-tu en train de me demander si j'ai des aventures ?

Le silence qu'elle lui opposa l'irrita, mais le besoin de la rassurer fut plus fort. Maudissant cette table entre eux qui l'empêchait de la toucher, il se leva d'un bond pour aller prendre place à côté de Holly. Là, il glissa les doigts dans sa longue chevelure.

— Tu n'as aucun souci à te faire de ce côté-là. Il n'y a que toi qui m'intéresses. A vrai dire, je serais bien incapable de décrire les femmes avec qui je travaille, ou même celles que je croise dans la rue.

C'était la stricte vérité. Par principe, il avait toujours été fidèle avec ses conquêtes, et Holly ne faisait pas exception. Avec elle, il n'avait même jamais eu besoin de résister à la tentation : aller voir ailleurs ne lui avait tout simplement pas effleuré l'esprit une seule fois.

— Je pense à toi jour et nuit, murmura-t-il en l'attirant dans ses bras.

Les sens en éveil, il effleura la peau veloutée de ses bras, son dos, sa nuque. Comment pouvait-elle douter un seul instant de son désir pour elle ? Il n'avait pourtant jamais caché l'effet ravageur qu'elle produisait sur lui !

Alors, il se pencha vers elle et prit ses lèvres dans un baiser profond, langoureux.

Envoûtée par les caresses de Luiz, Holly ne le repoussa pas. Toutefois, ses mots résonnaient encore dans sa tête. Même s'il pensait réellement ce qu'il venait de dire, que représentait-elle pour lui ? Etait-elle seulement une femme avec qui il aimait prendre du plaisir, ou bien celle avec qui il se voyait passer le reste de sa vie ? Si vraiment elle comptait pour lui, pourquoi n'avaient-ils encore jamais parlé d'un avenir commun ?

Alors que Luiz déboutonnait les premiers boutons de sa robe pour glisser une main dans son décolleté, elle dut se faire violence pour ignorer l'incendie qui se répandait en elle. Elle s'arracha à son baiser et se leva prestement.

— J'ai oublié la viande ! s'exclama-t-elle en fuyant vers la cuisine tout en reboutonnant sa robe.

Ce n'avait été qu'un prétexte pour s'éloigner mais, hélas, elle avait effectivement laissé le plat cuire trop longtemps. Quel gâchis ! Si les souris d'agneau restaient mangeables, elles ne seraient pas aussi tendres que prévu…

Luiz entra dans la pièce, visiblement déconcerté. Prenant son courage à deux mains, Holly décida de dire ce qu'elle avait sur le cœur.

— Ce que j'essaie de t'expliquer depuis tout à l'heure, Luiz, c'est que nous sommes ensemble depuis un bon moment maintenant et… et je pense qu'il serait temps que tu me laisses autant de place dans ta vie que je t'en donne dans la mienne.

— Donc, si je comprends bien, tu n'aimes pas la façon dont je te traite ?

— Ce n'est pas ce que j'ai dit. Tu connais tous mes collègues, tous mes amis ; j'ai même organisé une fête ici il y a quelques semaines pour te présenter ceux que tu n'avais pas encore eu l'occasion de rencontrer. Tandis que toi, tu ne m'as présentée à personne.

Sans attendre de réponse, elle ramena le plat dans le patio, puis alluma les chandelles. Pourquoi se donnait-elle cette peine ? songea-t-elle en réprimant une grimace. Au point où ils en étaient, ce n'étaient pas quelques bougies qui suffiraient à créer une ambiance romantique, ce soir…

La voix de Luiz retentit dans son dos.

— Tu fais bien de mentionner cette fête. Tu as été malade toute la nuit après ça, je te rappelle. Qui a pris trois jours de congé pour s'occuper de toi ?

Tandis qu'ils prenaient place à table, Holly combattit le rouge qui lui était monté aux joues. Oui, Luiz avait été aux petits soins pour elle après cette fête. Toutefois, elle n'avait pas eu besoin de trois jours pour se rétablir. En réalité, dès qu'elle s'était sentie mieux, il l'avait convaincue de rester au lit avec lui et ils avaient passé les deux jours suivants à faire l'amour. Il n'avait eu aucun scrupule à annoncer à Andy et aux autres bénévoles qu'ils allaient devoir faire tourner le refuge sans elle, alors que, de son côté, elle avait mis une bonne semaine avant de réussir à les regarder de nouveau dans les yeux.

— Je te suis reconnaissante de t'être donné autant de mal pour moi, concéda-t-elle.

— Et je n'hésiterai pas à recommencer. Ça ne te suffit pas, comme preuve de l'importance que je te donne dans ma vie ? Je peux t'assurer que je n'ai pas l'habitude de rester au chevet d'une femme.

Le cœur soudain plus léger, Holly lui retourna un regard tendre avant de remplir leurs assiettes.

— Ça me fait plaisir d'entendre que je compte pour toi, dit-elle d'une voix douce. Je sais que, comme la plupart des hommes, tu n'aimes pas parler de tes sentiments, alors ce que tu viens de dire me touche beaucoup. Toi aussi, tu comptes beaucoup pour toi, tu sais… Ces dix-huit mois passés ensemble ont été merveilleux, vraiment. Est-ce ma faute si je ne peux pas m'empêcher de me demander quelle est la prochaine étape.

— La prochaine étape ?

— J'aimerais vraiment voir où tu vis, Luiz. Voir où tu travailles, rencontrer tes amis ; et même ta famille, si tu es d'accord. Tu m'as dit tant de bien de ta mère, de tes sœurs, de tes neveux… Ça fait longtemps que j'aimerais aller au Brésil pour les rencontrer en personne et aujourd'hui, je peux enfin me permettre de prendre des vacances. Le refuge a tellement de succès maintenant que, pour la première fois depuis des lustres, je pense pouvoir m'accorder du temps pour moi sans craindre le pire pendant mon absence.

Face au silence de Luiz et à l'air abasourdi qu'il affichait, le sourire de Holly s'évanouit peu à peu. Etait-elle allée trop loin ? Pourtant, qu'y avait-il de mal à vouloir faire la connaissance de la famille de l'homme qu'on fréquentait depuis dix-huit mois ? Au fond, elle ne savait que très peu de choses concrètes sur ses parents et ses sœurs. Il avait décrit leurs caractères mais elle ignorait tout des détails de leur vie. Avait-il honte d'eux pour une raison ou une autre ? Peut-être étaient-ils trop pauvres ? Ne savait-il donc pas que l'argent n'avait aucune importance pour elle ?

Ou peut-être n'appréciait-il pas qu'elle s'invite chez lui comme elle venait de le faire ?…

Horrifiée par cette idée, Holly s'empressa de revenir sur ses paroles.

— Je ne te demande pas de m'emmener tout de suite dans ta famille. Le Brésil est de l'autre côté de la terre et ce genre de voyage ne s'improvise pas. Mais je pourrais au moins t'accompagner à Londres, rencontrer certains de tes amis…

Bon sang, pourquoi Luiz la dévisageait-il comme si elle avait perdu l'esprit ? Ce qu'elle suggérait était pourtant dans l'ordre des choses ! Ou alors… avait-il peur de s'engager depuis Clarissa ? Elle trouvait normal qu'il ait cherché à se préserver, ce qui expliquait qu'il ait multiplié les aventures sans lendemain après cette rupture. Mais entre eux n'était-ce pas différent ? Ils ne pouvaient pas continuer de vivre au jour le jour, sans aucun projet d'avenir. Elle allait avoir vingt-huit ans, et elle était l'une des dernières de son groupe d'amis à n'être ni mariée ni même fiancée…

De plus en plus mal à l'aise, Holly se concentra sur son assiette et goûta son plat, sans appétit. Avalant son morceau de viande avec difficulté, elle s'éclaircit la gorge puis regarda Luiz dans les yeux.

— J'ai seulement besoin de savoir où nous allons, tous les deux. Je ne te demande qu'une petite preuve d'engagement.

3.

Luiz restait incapable de prononcer un mot. Alors, comme ça, Holly attendait de lui qu'il s'engage avec elle sur le long terme ? Bien sûr, il aurait dû s'y attendre ! Rester aussi longtemps avec la même femme… Quel imbécile ! Comment avait-il pu laisser cette liaison durer bien plus d'un an ?

Dire qu'au tout début il avait seulement voulu quelques jours de répit loin de sa vie stressante et de sa véritable identité… Il avait eu tort de baisser sa garde uniquement parce qu'il n'avait pas eu à craindre que Holly s'intéresse à son argent. En s'autorisant à profiter du moment présent sans se poser de questions, il n'avait réussi qu'à perdre le contrôle de la situation.

Et voilà que Holly le fixait de ses grands yeux clairs et attendait une réponse. Contrarié, Luiz se passa la main dans les cheveux, réfléchissant à toute allure pour trouver un moyen d'éviter cette conversation. Malheureusement, il ne réussit qu'à déboucher sur des impasses.

— Pourquoi as-tu besoin d'une preuve d'engagement ? finit-il par demander avec un soupir résigné.

Holly fronça les sourcils.

— Comment ça, « pourquoi » ? J'estime avoir le droit de savoir où cette histoire nous mène.

— Mais pourquoi faudrait-il que ça mène quelque part ? On s'entend bien, tous les deux, à merveille, même ! Tout est simple entre nous, alors pourquoi venir tout gâcher en parlant d'engagement ? A quoi cela servirait de mettre une étiquette sur ce que nous vivons ? A rien, tout simplement parce que personne ne peut dire de quoi demain sera fait !

— Je sais tout ça, Luiz. Je sais bien que personne ne peut prévoir à quoi ressemblera sa vie dans un an, dix ans, vingt ans. Mais ce n'est pas une raison pour continuer à se laisser porter par le courant. J'ai besoin de savoir où nous allons, parce que je veux pouvoir avancer dans la vie. Comme tout le monde. Une de mes amies m'a encore annoncé il y a quelques jours qu'elle venait de se fiancer.

A ces mots, Luiz leva les yeux au ciel.

— Je comprends mieux ! C'est elle qui t'a monté la tête avec des âneries ! Laisse-moi deviner : elle t'a fait croire que tu ne connaîtrais le vrai bonheur qu'avec une bague au doigt ?

— Pas du tout ! s'écria Holly en laissant retomber bruyamment ses couverts dans l'assiette. Pour qui est-ce que tu me prends ? Une idiote influençable ?

— Bien sûr que non. Mais ce n'est pas parce que ton amie va se marier que tu dois faire la même chose.

— Je n'ai jamais dit que je voulais que l'on se marie !

Luiz pinça les lèvres. Le ton désinvolte de Holly sonnait faux. Evidemment que c'était le mariage qu'elle avait en tête ; sinon, où voudrait-elle en venir avec cette conversation ? Le problème, c'était que le mariage ne faisait pas partie de ses projets — du moins, certainement pas avec Holly. Même s'il adorait sa compagnie, même si le sexe restait toujours aussi fabuleux entre eux, ça ne changeait rien à la réalité des faits : elle était aussi pauvre qu'il était riche.

Certes, elle ne s'était jamais montrée matérialiste avec lui, mais il n'y avait rien de surprenant à cela. Après tout, elle était persuadée qu'il avait besoin de travailler dur pour payer ses factures. Il n'était pas assez naïf pour croire qu'elle se serait comportée de la même façon si elle avait connu l'étendue de sa fortune. Non, depuis Clarissa, il s'était juré de ne plus jamais se laisser avoir par une femme. Par conséquent, si vraiment il décidait un jour de se marier, ce ne pourrait être qu'avec une femme de son monde, une femme qui n'aurait rien à y gagner sur le plan financier.

Luiz croisa de nouveau le regard de Holly, et son cœur se serra. Jamais encore il n'avait lu une telle détresse dans ses jolis yeux. Elle qui était toujours si joyeuse, si pétillante, c'était comme si quelque chose s'était éteint en elle. A cause de lui. Parce qu'il ne pouvait pas lui offrir ce qu'elle espérait.

Il n'avait qu'une envie : la prendre dans ses bras et lui faire l'amour toute la nuit pour oublier cette soirée catastrophique. Hélas, cela ne ferait que repousser le problème : tôt ou tard, Holly finirait par soulever de nouveau la question d'un avenir commun. Ce jour-là, il ne serait toujours pas en mesure de la rassurer. Ne serait-il pas moins cruel de mettre un terme à leur relation maintenant, plutôt que de laisser sa maîtresse se bercer d'illusions ? Elle méritait mieux que ça. Quant à lui, il était grand temps qu'il reprenne le contrôle de sa vie.

Luiz baissa tristement la tête. Il savait exactement ce qu'il lui restait à faire : il devait rompre, dès ce soir. Quel autre choix avait-il ?

Mais alors, pourquoi ne pouvait-il se résoudre à briser le silence pour prononcer ces mots irrévocables ?

Holly contemplait son assiette, la gorge serrée. A quoi bon se forcer à manger ? Le plat devait être froid maintenant et, de toute façon, elle n'avait vraiment pas faim. Au bord des larmes, elle les refoula au prix d'un gros effort puis s'enfuit à l'intérieur du cottage. Comment avait-elle pu être aussi aveugle ? Comment avait-elle pu s'imaginer que Luiz avait développé des sentiments pour elle ? Ce n'avait été que du désir, rien de plus…

Bouleversée, elle alla se planter devant la fenêtre du salon et, fixant l'horizon sans le voir, s'enveloppa de ses bras. Quelle soirée… Dire que, depuis le jour de leur rencontre, elle n'avait jamais pu envisager son avenir sans Luiz ! Au fil des mois, leur relation passionnelle n'avait fait que gagner en profondeur et en complicité. L'avait-elle rêvé ?

Lorsqu'elle entendit les pas de Luiz dans son dos, Holly ravala péniblement la boule qui lui nouait la gorge. Il ne fallait surtout pas qu'elle pleure ! Elle s'était déjà assez ridiculisée ce soir. Piquée au vif par cette pensée, elle fit volte-face et redressa le buste avec dignité.

— Donc, si je comprends bien, dit-elle d'une voix déformée par la honte et la colère, notre relation ne mènera jamais nulle part ? Si c'est le cas, je ne vois pas l'intérêt de continuer à se voir. A quoi bon rester avec quelqu'un s'il s'agit seulement d'attendre qui se lassera le premier et décidera de passer à autre chose ?

Elle se tut avant que sa voix ne se brise pour de bon. C'est à peine si elle pouvait croire ce qu'elle venait de dire. Les mots étaient sortis tout seuls, et pourtant… elle les pensait bel et bien.

Luiz ne répondit pas. Comment pouvait-il rester planté là, les mains dans les poches, à la fixer sans la moindre trace d'émotion sur le visage ?

— Mais enfin, dis quelque chose ! cria-t-elle sans le vouloir.

— Que veux-tu que je dise ? Je n'aime pas la tournure que prend cette conversation. D'autant que tu deviens hystérique.

— Je ne suis pas hystérique ! Je te demande seulement une réponse claire : est-ce que, oui ou non, tu penses qu'un avenir commun est possible pour nous ?

— Je ne pense jamais en termes d'avenir commun quand je fréquente une femme.

— A cause de Clarissa, c'est ça ?

Holly s'accrochait désespérément à cette explication. Après tout, si Luiz refusait de s'engager uniquement par peur d'être blessé de nouveau, il restait encore un espoir pour eux. Ils pourraient en discuter et finiraient bien par régler le problème. Personne ne pouvait laisser son passé dominer le reste de sa vie.

Luiz poussa un long soupir.

— Holly, on ne va tout de même pas revenir là-dessus…

— Mais tu ne comprends pas, gémit-elle. Si tu t'ouvrais à moi, si tu m'expliquais ce qui s'est passé entre vous, nous pourrions peut-être trouver une solution.

— Je n'ai aucune envie d'une thérapie à deux sous.

— Alors, de quoi as-tu envie, à la fin ?

Les lèvres de Luiz s'étirèrent en un sourire charmeur.

— Je ne dirais pas non à une nuit sous les draps avec toi…

Holly eut une grimace de mépris.

— Pourquoi faut-il toujours que tout tourne autour du sexe, entre nous ?

Le visage de Luiz retrouva aussitôt son sérieux.

— Comment peux-tu dire une chose pareille ? Tu sais bien que ce n'est pas vrai.

Cette réponse fit renaître un peu d'espoir en elle.

— Alors, si ce n'est pas qu'une simple histoire de sexe, qu'y a-t-il entre nous ? Moi, je suis folle de toi, tu le sais. Mais toi, si ce n'est pas que du désir que tu éprouves pour moi, c'est que… C'est que tu éprouves aussi…

Elle ne parvint pas à terminer sa phrase. Devant l'air fermé de son amant, le désespoir la gagna de nouveau. De toute évidence, il ne l'aimait pas ; ou, du moins, pas suffisamment pour voir en elle la femme de sa vie. Sinon, ne lui aurait-il pas déjà présenté sa famille depuis longtemps ? Si elle avait toujours eu ses parents, elle les lui aurait présentés depuis une éternité !

Enfin, Luiz vint la prendre par les épaules.

— J'aime passer du temps avec toi, Holly. Je tiens à toi.

— Tu tiens à moi ? répéta-t-elle d'une voix blanche.

Se dégageant de son étreinte, elle erra dans la pièce, sans but. Elle aimait Luiz à en perdre la raison — elle irait jusqu'à marcher sur des charbons ardents s'il le lui demandait ! —, et lui tenait à elle ? Ça ne suffisait pas.

Tenir à quelqu'un ne suffisait pas pour fonder une famille, pour former des projets d'avenir.

Prête à fondre en larmes, elle finit par se laisser tomber sur le canapé — ce même canapé sur lequel ils avaient fait l'amour moins d'une heure plus tôt. Elle ramena les genoux sous son menton et les ceignit de ses bras.

Luiz observa la jeune femme en silence. Ce qu'il venait de répondre n'était pas ce qu'elle aurait aimé entendre, il le constatait bien. Malheureusement, il ne pouvait rien lui offrir de plus. Pourquoi ne voyait-elle pas qu'elle continuait de lui faire un effet incroyable ? Que leur liaison était la plus longue qu'il ait jamais connue ? Pendant un instant, il envisagea de lui avouer tout ça, mais il se retint. Son instinct lui soufflait que ce n'était pas non plus ce qu'elle espérait entendre.

Pourtant, c'était plus fort que lui, il fallait qu'il tente quelque chose pour qu'ils se réconcilient.

— Que dirais-tu d'aller faire un tour ? proposa-t-il de son ton le plus enthousiaste. Tu pourrais me faire découvrir ce petit chemin dont tu m'as parlé au téléphone l'autre jour. Prendre l'air nous ferait du bien à tous les deux.

Holly secoua tristement la tête.

— Je ne suis pas vraiment d'humeur à aller me promener.

— Je sais, mais ce n'est pas en restant ici à broyer du noir que nous réglerons quoi que ce soit.

— Je broie du noir parce que je croyais compter davantage à tes yeux.

Luiz leva les yeux au ciel. Il alla la rejoindre sur le canapé, se faisant violence pour ne pas lui enrouler un bras autour des épaules. Bon sang, ce qu'il avait envie de la toucher !

— Tu comptes beaucoup pour moi, mais pas au point de te demander en mariage. Je suis vraiment désolé de te l'annoncer aussi brutalement, mais notre relation n'aboutira jamais à un mariage.

— Je ne t'ai jamais parlé de mariage, objecta-t-elle dans un souffle.

— Bien sûr que si, voyons.

Holly était une incorrigible romantique ; il l'avait toujours su, même s'il avait préféré ne pas s'en inquiéter. Contrairement à ce que pouvait laisser penser l'ardeur qu'elle mettait à accomplir les tâches même les plus physiques au refuge, Holly aimait les pique-niques, les dîners aux chandelles et les histoires à l'eau de rose.

— Tu sais parfaitement que tu attends de moi un engagement total et des vœux éternels, reprit-il. Mais ça n'arrivera pas. C'est ma faute, j'aurais dû clarifier d'emblée ce que j'attendais d'une liaison.

Si seulement Holly voulait bien le regarder dans les yeux… Mais non, elle restait aussi raide qu'une statue, le regard perdu dans le vide.

Le cœur serré, il se résolut à écouter la voix de la raison.

— Tu serais bien mieux sans moi.

Holly lui lança alors un regard abasourdi.

— Comment oses-tu me tenir ce discours réchauffé ? « Tu serais bien mieux sans moi, je ne te mérite pas, il faut qu'on prenne nos distances… » C'est exactement ce que disent les hommes quand ils veulent se donner bonne conscience, juste avant de claquer la porte, parce qu'ils sont trop lâches pour affronter une conversation à cœur ouvert. J'ai lu des dizaines d'articles là-dessus !

Luiz réprima un sourire amer. Ah, Holly et ses livres de psychologie et de développement personnel… Parfois, elle le persuadait de se soumettre aux tests des magazines, puis elle analysait ses réponses comme si cela pouvait lui en apprendre plus sur sa personnalité. Il avait toujours trouvé cette manie insupportable et pourtant ces moments allaient lui manquer, il ne pouvait le nier. Holly allait lui manquer. Tout comme l'identité qu'il s'était construite.

Malheureusement, il fallait bien qu'il se rende à l'évidence : les choses ne pouvaient plus continuer ainsi. Mais, avant de partir pour de bon, ne devait-il pas lui avouer qui il était réellement ? Certes, cela ne ferait qu'envenimer la situation, mais Holly méritait de connaître la vérité. Et puis, si jamais il la quittait maintenant sans révéler qu'il lui avait menti, il ne pourrait plus jamais se regarder dans une glace.

C'était le moment ou jamais.

— Holly, il y a des choses à mon sujet que tu ne sais pas.

— A propos de la rupture avec ton ex, tu veux dire ?

— Oui, en partie. Mais ce n'est pas tout.

C'est à peine si Holly avait entendu sa réponse. Une seule pensée la hantait : se pouvait-il que cette soirée soit la dernière qu'elle passait aux côtés de Luiz ? C'était inimaginable… L'idée même qu'il disparaisse de sa vie pour toujours semblait irréelle.

— Regarde-moi !

Luiz avait parlé d'un ton si solennel qu'elle ne put qu'obéir. Alors qu'elle plongeait dans l'abîme insondable de ses yeux noirs, elle retint son souffle.

— Ecoute bien ce que je m'apprête à te dire, poursuivit-il. Contrairement à ce que tu sembles croire, Clarissa ne m'a pas brisé le cœur. Si je ne voulais pas parler d'elle, c'est uniquement parce que j'ai compris, trop tard, qu'elle n'était qu'une petite garce manipulatrice.

Holly écarquilla les yeux. Ainsi, le souvenir de Clarissa ne se dressait pas entre eux ? Sans réfléchir, elle posa une main sur le bras de Luiz.

— Non, ne me touche pas, s'écria-t-il en bondissant sur ses pieds. Sinon, je ne suis pas sûr de pouvoir résister à l'envie de te toucher à mon tour.

— Dans ce cas, tu as ma permission, répondit-elle d'un air enjôleur.

Ce n'était pas parce que Luiz refusait de lui promettre quoi que ce soit qu'il n'était plus sensible à ses charmes. Pouvait-elle s'en servir pour percer petit à petit la forteresse qu'il avait bâtie autour de son cœur ? Au fond, peut-être avait-il seulement besoin de temps…

Alors qu'elle s'apprêtait à déboutonner sensuellement sa robe, Luiz l'arrêta d'un geste.

— Non, ne fais pas ça. Tu voulais discuter, tout à l'heure, alors discutons.

L'air sérieux qu'il affichait suffit à la faire redescendre sur terre.

— Clarissa a cru que je pourrais lui offrir une vie meilleure, continua-t-il.

— Et alors ? Je suis mal placée pour le lui reprocher.

— Non, tu ne comprends pas.

Se passant une main nerveuse dans les cheveux, Luiz fit quelques pas jusqu'à la fenêtre. Il sembla contempler un instant le soleil couchant, puis se retourna vers elle. Comme il se tenait à contre-jour, elle ne pouvait plus voir son expression. Un frisson la parcourut. Que comptait-il lui annoncer ?

— Ce que je veux dire, poursuivit-il d'un ton froid, c'est que Clarissa a vu en moi un moyen d'accéder au mode de vie dont elle rêvait. Ce n'était pas moi qu'elle voulait, mais mon argent.

Incrédule, Holly battit plusieurs fois des paupières.

— Ton argent ? Quel argent ?

— Dis-moi qui tu crois que je suis.

— Mais enfin, de quoi est-ce que tu parles ? s'exclama-t-elle, nerveuse. Tu es Luiz Gomez, bien sûr ! Tu gagnes ta vie en vendant des ordinateurs, alors pourquoi quelqu'un en voudrait-il après ton argent ? Pour l'amour du ciel, à combien peut bien s'élever le salaire d'un représentant en informatique ?

— Je ne m'appelle pas Luiz Gomez.

— Tu… Quoi ? bredouilla Holly. Comment ça, tu ne t'appelles pas… ?

Sans même en avoir conscience, elle s'était levée d'un bond ; elle eut aussitôt la sensation que la pièce se mettait à tourner autour d'elle. Néanmoins, elle avança vers Luiz en chancelant.

— Si tu ne t'appelles pas Luiz Gomez, qui es-tu, bon sang ? cria-t-elle, juste avant que ses genoux ne se dérobent sous elle.

Pendant quelques instants, elle ne vit plus rien. Tout était noir. Lorsque son vertige se dissipa, elle se trouvait dans les bras de Luiz, qui l'avait retenue par la taille.

Prise de panique, elle se débattit comme elle put.

— Lâche-moi ! Lâche-moi ! Qu'est-ce qui se passe ?

— Du calme, Holly, murmura Luiz, les mains levées en signe de paix. Je vais te chercher un verre de brandy.

— Je n'en veux pas, de ton brandy ! Je veux savoir ce qui se passe !

— Je vais tout t'expliquer. Mais d'abord, assieds-toi.

Haletante, le cœur cognant dans sa poitrine, Holly finit par s'exécuter. Quand Luiz vint s'installer à son côté, elle eut un vif mouvement de recul et s'empressa de mettre le plus de distance possible entre eux sur le canapé.

— Bien, reprit-il. Alors, voilà : je ne m'appelle pas Luiz Gomez, je ne suis pas représentant en informatique, et encore moins un employé qui lutte pour rembourser son emprunt. En réalité, je m'appelle Luiz Casella et je suis à la tête d'une fortune qui dépasse les rêves les plus fous de la plupart des gens. Quand j'ai fréquenté Clarissa, je n'ai pas compris tout de suite qu'elle n'en avait qu'après mon argent. Elle était prête à tout pour me convaincre de l'épouser, y compris se prétendre enceinte. Ce n'est qu'en découvrant sa supercherie que j'ai compris jusqu'où certains étaient capables d'aller pour avoir la belle vie. Depuis ce jour, je me suis fait la promesse que, si jamais je décidais quand même de me laisser passer la corde au cou, ce serait avec une femme aussi riche que moi.

Holly avait de plus en plus de mal à respirer. Luiz lui avait annoncé tout cela d'une traite et ce trop-plein de révélations lui donnait de nouveau le tournis.

— Tu m'as menti, dit-elle dans un souffle. Tout ce temps…

Comme dans un rêve — un très mauvais rêve —, elle leva la tête et chercha le regard de Luiz. Etait-ce de la culpabilité qu'elle voyait dans ses yeux noirs ? Non, elle aurait aimé y lire de la culpabilité.

— Pourquoi ? s'écria-t-elle d'une voix brisée. Comment as-tu pu me faire ça ? Le jour de notre rencontre, je suis venue à ton secours et toi… tu m'as menti sur ton identité. Je n'arrive pas à comprendre…

— Alors, c'est que tu ne m'as pas écouté.

— Arrête de me parler comme à une idiote, Luiz ! T'appelles-tu seulement Luiz, au moins ? Qui me dit que tu ne me racontes pas encore des histoires ? Est-ce que tu vas m'annoncer que tu t'appelles en réalité Richard ou Tom, ou peut-être Fred ? Que tu n'es pas du tout né au Brésil mais que tu viens en fait d'un petit quartier de Londres et que ton père travaillait sur les marchés ?

— Tu es en colère. Je comprends. Est-ce que tu veux entendre ce que j'ai à dire ou est-ce que tu préfères que je m'en aille ?

Holly se prit la tête dans les mains, effondrée. Son monde venait de s'écrouler : l'homme dont elle était tombée follement amoureuse n'avait jamais existé… Ce n'était pas possible, tout ceci n'était forcément qu'un affreux cauchemar, elle allait bientôt se réveiller.

Pourtant, tout au fond d'elle-même, elle savait que c'était la triste réalité. Elle aurait voulu hurler à Luiz de disparaître, mais elle n'en avait même plus la force.

— Ce que je veux, répondit-elle d'une voix sans timbre, c'est que tu m'expliques pourquoi tu as fait ça. J'ai le droit de comprendre.

— Très bien. Le jour de mon accident de voiture…

— Tu n'as même pas cherché à joindre ton assurance, le coupa Holly, prenant soudain conscience de l'évidence. Quelle idiote je fais, ça aurait dû me mettre la puce à l'oreille ! J'ai été assez naïve pour croire que c'était un

vieux tacot dont tu comptais de toute façon te débarrasser.
Je n'ai même pas fait attention à la marque. Laisse-moi
deviner : c'était une Ferrari ?

— Une Porsche, mais peu importe.

« Peu importe », se répéta-t-elle, incrédule. Etait-il
vraiment si riche que ça ? Tout semblait clair, tout à coup :
sa désinvolture vis-à-vis de l'argent, son assurance innée,
son besoin de tout gérer, sa certitude d'avoir toujours
raison… Oui, maintenant qu'elle y pensait, Luiz ne s'était
jamais comporté en monsieur Tout-le-monde.

— Le jour de mon accident de voiture, donc, reprit-il, je
venais tout juste de conclure une grosse affaire à Durham
et je ressentais le besoin de relâcher la pression. Et, quand
tu m'as invité chez toi après mon accident… Eh bien, j'y
ai vu l'occasion de faire une pause dans ma vie de fou.
Je t'ai donné un faux nom sur un coup de tête, car je ne
savais pas si tu avais déjà entendu parler de moi. Mon vrai
nom ne t'aurait peut-être rien dit, mais, comme l'affaire
de Durham faisait la une des journaux, j'ai préféré ne pas
prendre de risque inutile.

— Mais enfin, Luiz, quand bien même j'aurais su
qui tu étais, pourquoi t'es-tu imaginé que ça ferait une
différence pour moi ?

Il l'observa un instant sans mot dire, avant de répondre.

— Mets ça sur le compte de l'expérience. La plupart du
temps, ceux qui connaissent l'étendue de ma fortune sont
hypocrites avec moi. Les hommes me lèchent les bottes,
les femmes cherchent à me séduire. C'est comme ça.

Sa réponse la blessa profondément. Que des personnes
malintentionnées cherchent à extorquer de l'argent aux
plus riches, ça, elle voulait bien le croire ; mais comment
Luiz avait-il pu penser un seul instant qu'elle était vénale ?
Depuis le début de leur relation, elle lui avait accordé
une confiance aveugle, elle s'était ouverte à lui comme
jamais auparavant. Tandis que lui avait toujours douté de
l'honnêteté de ses intentions.

— Et pendant tout ce temps, tu ne t'es jamais dit que

je n'étais pas le genre de femme qui chercherait à profiter de ta fortune ?

— Ça m'a fait beaucoup de bien de ne pas avoir à me poser cette question, pour une fois.

— Ce n'est pas ce que je t'ai demandé.

— Alors, disons simplement que je ne suis pas du genre à laisser les choses au hasard.

Etouffant un gémissement de détresse, Holly croisa les bras sur sa poitrine.

— Depuis le début, je n'ai été qu'une distraction pour toi, souffla-t-elle comme pour elle-même. Un moyen de te changer les idées le week-end. Tu viens ici, tu t'amuses bien, tu aides un peu au refuge en échange, puis tu retournes à ta vraie vie comme si de rien n'était. Est-ce que tu fréquentes d'autres femmes, à Londres ? Non, attends ! Je ne suis pas sûre de vouloir connaître la réponse à cette question.

Avec un soupir exaspéré, Luiz se leva et plongea les mains dans les poches.

— Cette conversation devient ridicule. Bien sûr qu'il n'y a aucune autre femme dans ma vie. Quand je suis avec quelqu'un, je ne vais pas voir ailleurs, je te l'ai déjà dit.

— Oh ! pardon, ironisa-t-elle. J'oubliais que monsieur avait des valeurs morales, contrairement à tous ces gens qui n'en veulent qu'à son argent. Les gens comme moi !

— Arrête, Holly, le sarcasme ne te ressemble pas. Je suis désolé de t'avoir menti, mais je ne vais pas m'excuser de te dire la vérité, aussi désagréable soit-elle.

Elle lui jeta un regard dégoûté. Comment pouvait-elle avoir aimé un homme dont le cœur semblait aussi dur que la pierre ?

Pierre… Soudain, un frisson d'horreur la parcourut alors que son esprit faisait un rapprochement d'idées.

— Et ce collier ? s'écria-t-elle en portant la main à son cou. Toutes ces prétendues imitations que tu m'as offertes ?

— Tous les bijoux sont vrais. J'ai toujours été un amant très généreux, mais je ne pouvais pas te l'avouer.

Holly résista à l'envie d'arracher violemment le pendentif.

Le rubis lui brûlait la peau, à présent. Et elle qui ne possédait même pas de boîte à bijoux ! Elle avait laissé traîner partout dans le cottage de véritables pierres précieuses !

— Alors, c'est toujours de cette façon que tu traites tes conquêtes ? demanda-t-elle avec un reniflement de mépris. Tu t'imagines que les bijoux te donnent le droit de les jeter comme de vieilles chaussettes quand tu décides de passer à autre chose ? Maintenant, je comprends mieux pourquoi tu as eu envie de coucher avec une femme qui n'avait aucune idée de la personne que tu étais !

— Non, une femme qui n'avait aucune idée de mon véritable nom et de l'étendue de ma fortune, nuance.

— Pour ce que ça change…

Elle renversa la tête contre le dossier du canapé, brisée, le cœur vide de toute émotion. C'était comme si elle avait vieilli de dix ans en à peine quelques heures. La Holly optimiste, celle qui croyait en l'âme sœur et en l'amour éternel, n'existait plus.

— Je pense qu'il est temps que tu t'en ailles, lança-t-elle d'une voix morne.

Elle n'éprouva rien, ni tristesse ni regret, lorsqu'il hocha gravement la tête et rassembla ses affaires avant de disparaître dans le couloir. Là, elle l'entendit murmurer quelques mots — sûrement appelait-il un taxi.

Pendant un long moment, Holly resta parfaitement immobile, telle une statue de marbre.

Ce n'est qu'à l'instant où elle entendit la porte d'entrée se refermer sur Luiz que le désespoir la submergea.

4.

— Tes grands sourires ne trompent personne, ma vieille.

Sans s'arrêter de brosser Buster, le petit âne gris, Holly, qui s'occupait de la jument fraîchement arrivée, jeta un regard interrogateur à Andy.

— Je vois bien que tu te laisses aller depuis quelque temps, poursuivit son ami. Pardon d'être aussi direct, mais tu as grossi.

— C'est vrai que je mange beaucoup en ce moment, concéda-t-elle en rougissant. Mais c'est à cause de l'hiver qui approche. Je ne vais tout de même pas me faire des salades en plein mois d'octobre !

Andy pouffa de rire ; elle lui retourna un petit sourire d'excuse. A cause de l'hiver qui approche… Quelle blague ! Oui, elle avait pris deux ou trois kilos, ces deux derniers mois — ces neuf dernières semaines, pour être précise. Depuis que Luiz était sorti de sa vie, elle cherchait du réconfort dans la nourriture ; après tout, quelle importance ?

Le problème, c'était qu'Andy ne ratait jamais le moindre changement dans son apparence. Lui qui adorait tout ce qui touchait de près ou de loin à la mode, c'était à se demander pourquoi il avait choisi un métier aussi salissant. Même s'il avait le don de rester élégant même couvert de boue, ce qui l'avait toujours rendue verte de jalousie.

Néanmoins, elle lui pardonnait sans mal ses petites indélicatesses. Qu'aurait-elle fait sans lui ? Depuis la rupture, il prenait son rôle de meilleur ami très au sérieux et faisait son possible pour lui changer les idées. Il la faisait rire, lui offrait une épaule pour pleurer, et l'homosexualité d'Andy autorisait Holly à se laisser aller en confiance. Tous les week-ends, il organisait de grandes fêtes pour qu'elle puisse s'amuser avec leurs amis et il cherchait à lui faire rencontrer de beaux célibataires. Chaque fois, elle avait accepté son invitation pour lui faire plaisir et le remercier de ses efforts, mais c'est à peine si elle avait eu un regard pour ces hommes.

Holly alla ranger son matériel dans la grange, tout à ses pensées. Elle sursauta lorsqu'une main se referma doucement sur son épaule.

— Il faut que tu ailles de l'avant, ma belle, lui dit Andy. Te trouver un nouveau jules te ferait plus de bien que de te morfondre en dévorant tous les gâteaux qui te passent sous le nez. Et puis, tu ne dors pas assez : tu as une petite mine.

Pour toute réponse, elle le gratifia d'un coup de poing amical sur l'épaule. Il n'avait pas tout à fait tort, toutefois : elle passait bien trop de temps à déprimer, ou à se perdre dans des rêveries où tout finissait par s'arranger… Combien de fois avait-elle failli téléphoner à Luiz rien que pour entendre le son de sa voix ? Ce n'était pas sain.

Elle avait le cœur lourd lorsqu'elle referma la porte de l'enclos derrière eux. Le pire, dans cette histoire, c'était que Luiz, lui, l'avait bel et bien oubliée.

— Tu sais qu'il a déjà trouvé quelqu'un d'autre ? lança-t-elle timidement tandis qu'ils retournaient au cottage. J'ai fait quelques recherches sur lui sur internet…

— Holly !

— Je sais ce que tu vas me dire : je n'aurais pas dû, la curiosité est un vilain défaut, je me fais du mal pour rien… Mais c'était plus fort que moi, il fallait que je sache ce qu'il devenait.

Andy lui jeta un regard lourd de reproches, puis son expression s'adoucit et il lui adressa un sourire compatissant.

— Ce qui me surprend le plus, soupira-t-il, c'est qu'il ne t'ait pas remplacée plus vite. J'ai fait mes petites recherches, moi aussi, et il faut bien avouer qu'il a une sacrée réputation de tombeur ! Ne perds pas ton temps à pleurer pour lui, ma belle. Il n'en vaut pas la peine.

Comme toutes les nuits depuis plus de deux mois, Holly resta des heures allongée sur le dos, à fixer le plafond. Comme pour retourner le couteau dans la plaie, elle faisait cette fois-ci défiler dans son esprit toutes les photos où Luiz apparaissait en compagnie de sa nouvelle conquête. Une femme magnifique, évidemment ; grande, fine : un vrai mannequin. Et, pour ne rien gâcher, brésilienne et issue d'une famille fortunée.

« Autrement dit, tout le contraire de moi », songea-t-elle en éclatant en sanglots. Incapable de retenir le flot de larmes qui jaillissait de ses yeux, elle étreignit son oreiller et se recroquevilla sur le côté. Luiz Casella et Cecelia Follone ne s'affichaient en public que depuis trois semaines mais, déjà, des rumeurs de mariage couraient à leur sujet.

A cette pensée, ses sanglots redoublèrent. Si tout allait si vite entre eux, c'était forcément que cette créature parfaite avait dû s'imposer comme une évidence pour Luiz après avoir fréquenté si longtemps une campagnarde. Et puis bien sûr, il n'avait pas à craindre que cette femme soit une opportuniste…

Holly pleura jusqu'à ce qu'il ne lui reste plus une seule larme à verser. Alors, elle prit une résolution : Andy avait raison, il était temps qu'elle aille de l'avant. Dès la prochaine fête, elle se forcerait à faire plus ample connaissance avec les célibataires de la région. Et un petit régime ne lui ferait sûrement pas de mal non plus.

Juste avant que l'épuisement ne la fasse sombrer dans le sommeil, une pensée optimiste la traversa : elle allait remettre sa vie sur les rails et, bientôt, tout irait mieux…

*
* *

Luiz peinait à se concentrer sur son travail. Renversé dans son fauteuil de cuir, il contempla la City par la baie vitrée de son bureau londonien. A l'image de son humeur, une fine bruine noyait la ville dans la grisaille depuis ce matin.

Il entendait d'ici les jérémiades de Cecelia qu'il aurait à subir ce soir : « Ce pays, quelle horreur ! Non mais, tu as vu ce que ce temps déprimant fait à mon teint ? Tu te rends compte que je suis obligée, moi, de passer par les cabines à UV pour ne pas devenir aussi pâle que les Anglaises ? »

Il fit la grimace en se rappelant le programme de la soirée : il l'emmenait à l'opéra. Etait-ce normal que cette sortie l'enthousiasme aussi peu ? Que la compagnie de cette femme l'ennuie au plus haut point ? Mais ce n'était pas le pire : était-ce normal que, malgré ses tenues affriolantes, elle n'ait pas encore réussi à éveiller sa libido ?

Il décida de mettre cela sur le compte du surmenage. Depuis que Holly et lui s'étaient séparés, il travaillait plus dur que jamais ; or le manque de sommeil avait parfois des effets étranges sur le corps humain, non ?

De toute façon, Cecelia était la femme idéale pour lui. En plus de venir d'une famille aussi aisée que la sienne, elle n'avait, dans la relation, pas d'exigences particulières. Comme la plupart des femmes de son rang, elle préférait les soirées mondaines — dans lesquelles elle pouvait être vue en compagnie de célébrités — aux dîners en tête à tête. Elle n'était pas du genre à lui réclamer de l'attention, ni à lui reprocher de travailler trop. C'est pourquoi elle était parfaite.

Luiz se rendit compte que, sans réfléchir, il avait enfoui la main dans l'un des tiroirs de son bureau pour jouer machinalement avec les bijoux qu'il y avait rangés. Aussitôt, l'image de la beauté brésilienne aux longues jambes s'effaça de son esprit, remplacée par celle d'une blonde tout en courbes et bien moins apprêtée.

Pinçant les lèvres, il referma bien vite le tiroir. Que lui prenait-il de penser à Holly maintenant ? Et puis d'ailleurs, pourquoi ne s'était-il pas encore débarrassé des bijoux qu'elle lui avait renvoyés sans un mot des semaines auparavant ? Etait-ce parce que, pour la première fois de sa vie, il n'était pas celui qui avait mis fin à une liaison ?

Leur rupture lui laissait encore un goût amer dans la bouche, il ne pouvait le nier. Il ne s'expliquait toujours pas la paralysie qui s'était emparée de lui ce soir-là, cette sensation indescriptible qui l'avait saisi au ventre et empêché de passer la porte bien avant la fin de cette pénible conversation. En tout cas, cette soirée avait au moins eu un avantage : lui confirmer que s'investir émotionnellement dans une relation ne causait que des problèmes.

Avec un profond soupir, il laissa son regard glisser jusqu'à son téléphone portable. Selon toute vraisemblance, c'était plutôt l'étrange texto que Holly lui avait envoyé la veille au soir qui le perturbait. Pourquoi, après plus de deux mois de silence, demandait-elle à le revoir ? Elle ne s'était même pas donné la peine de fournir une explication ! Sur le coup de la colère, il avait failli effacer le message sans lui répondre, puis la curiosité l'avait emporté. Il lui avait alors répondu, dans un texto aussi bref et formel que le sien, qu'il acceptait de lui accorder une entrevue à la condition qu'elle se déplace jusqu'à Londres. Après tout, si elle tenait tant à le voir, ce n'était pas à lui de s'infliger le trajet de plus de trois cents kilomètres !

Luiz se frotta pensivement le menton. Qu'avait-il bien pu arriver pour que Holly reprenne contact, tout à coup ? Commençait-elle à le regretter ? Ou, plutôt, regrettait-elle de lui avoir rendu tous les bijoux de valeur qu'il lui avait offerts ? Venait-elle de se rendre compte qu'elle aurait mieux fait de les revendre pour en tirer une petite fortune ?

Il en était sûr à présent : elle venait quémander son aide. Au fond, les gens étaient toujours motivés par l'argent, il était bien placé pour le savoir. Même si elle trouvait un prétexte crédible, elle chercherait à l'apitoyer, il en mettrait sa main à couper.

Quoi qu'il en soit, la voir se mettre à lui lécher les bottes, comme tous les autres rapaces, suffirait sans aucun doute à balayer le peu de nostalgie qu'il éprouvait encore pour cette période de sa vie. Un seul regard au visage implorant de Holly et il aurait une pensée émue pour Cecelia qui, elle, n'aurait jamais besoin de lui réclamer d'argent. Alors, en un rien de temps, sa libido se réveillerait.

Un sourire cynique lui étira les lèvres. Oui, en fin de compte, cette visite inattendue de Holly était une excellente nouvelle.

En fait, il avait même hâte d'être à cet après-midi…

Pétrifiée devant un gigantesque gratte-ciel de verre et d'acier, Holly serrait son sac de voyage contre sa poitrine comme un bouclier. Des hommes et femmes d'affaires se pressaient autour d'elle, attaché-case dans une main, téléphone dans l'autre. Certains la bousculaient sans ménagement, d'autres la foudroyaient du regard car elle bloquait le passage au milieu du trottoir.

Toutefois, elle n'arrivait pas à se résoudre à entrer. Lorsqu'elle avait contacté Luiz, elle avait espéré qu'ils se rencontreraient dans un endroit neutre, comme un restaurant ou un café. Le simple fait qu'il refuse de se donner la peine de quitter son bureau pour lui « accorder une entrevue » entre deux réunions était bien la preuve qu'il l'avait bel et bien rayée de sa vie… Sans vraiment la surprendre — après tout, elle s'était toujours plus investie que lui dans leur relation —, ce constat l'avait blessée au plus profond de son être. Comment Luiz allait-il réagir une fois qu'il aurait entendu ce qu'elle avait à dire ? A coup sûr, il regretterait d'avoir accepté de la recevoir.

Prenant une profonde inspiration, elle franchit enfin les portes tournantes et se retrouva dans le vaste hall d'entrée. Aussitôt, elle vit que des regards perplexes se posaient sur elle. Comment pourrait-elle reprocher aux gens de la dévisager ? Avec sa robe en laine informe et son anorak, elle se sentait aussi déplacée qu'un éléphant dans un magasin de porcelaine.

A la réception, on lui indiqua à quel étage se rendre ; puis, après l'avoir envoyée dans un dédale de couloirs, on l'invita à patienter dans l'un des fauteuils disposés à cet effet. L'attente lui parut interminable. Cet endroit ultramoderne l'intimidait, tout comme les coups d'œil méprisants que lui lançait parfois la secrétaire entre deux sonneries de téléphone, dans le cliquetis de son clavier. Chaque minute qui s'écoulait ne faisait que resserrer le nœud qui s'était formé au creux de son estomac.

Une question tournait en boucle dans sa tête, celle qui la tourmentait depuis près d'une semaine : comment avait-elle pu en arriver là ? Lorsqu'elle avait pris rendez-vous chez le médecin à cause de sa baisse de forme, elle s'était attendue à ce qu'il lui prescrive des vitamines et lui fasse la leçon sur son alimentation déséquilibrée, mais certainement pas à…

Tout à coup, la secrétaire tira Holly de ses pensées en l'invitant à la suivre. Le cœur battant à folle allure, les jambes flageolantes, elle passa une porte massive, avec l'impression d'être un agneau promis à l'abattoir.

Quand elle entra dans le bureau de Luiz, celui-ci lui tournait le dos. Sa gorge s'assécha aussitôt : il y avait longtemps qu'ils ne s'étaient pas vus, et lui restait planté devant sa baie vitrée, sans même lui accorder un regard ? Se tordant nerveusement les mains, elle considéra la pièce qui l'entourait. « Inhospitalier » fut le premier qualificatif qui lui vint à l'esprit. A l'exception d'une peinture abstraite qui couvrait un mur entier, tout était blanc — la moquette, le canapé de cuir, les étagères, et même la surface laquée du bureau.

Ce n'est que lorsque la secrétaire eut refermé la porte derrière elle que Luiz lui fit face. Un frisson la parcourut tandis qu'il l'étudiait, imperturbable. Malgré elle, son cœur se serra. Combien de fois avait-elle rêvé de leurs retrouvailles ? Combien de fois avait-elle espéré lire de l'amour dans ses yeux noirs ? Espéré qu'il se jetterait dans ses bras et implorerait son pardon avant de l'embrasser à pleine bouche ?

— Tu vas devoir être brève, lui lança-t-il froidement avant de s'installer à son bureau. Je n'ai que peu de temps à te consacrer.

— Ça ne fait rien, réussit-elle à articuler en baissant le nez.

— Alors, Holly, que puis-je faire pour toi ?

Elle ouvrit la bouche et la referma aussitôt. Tout à coup, c'était comme si les mots qu'elle avait répétés dans sa tête pendant tout son voyage s'étaient volatilisés.

Ce fut Luiz qui, d'un claquement de langue impatient, rompit le silence qui s'éternisait.

— Eh bien ? Je crois me rappeler que tu n'as jamais été avare de paroles, alors d'où vient ce mutisme ?

— Je… Je ne suis pas sûre de savoir par où commencer…

Pourquoi lui réservait-il un accueil aussi glacial ? Il lui parlait comme si c'était elle qui avait causé leur rupture ! Avait-il oublié qu'il l'avait menée en bateau pendant un an et demi ? N'éprouvait-il donc aucun remords ?

Sa bouche se pinça à cette idée. Non, pour éprouver des remords, il aurait fallu qu'il tienne à elle ; et, malgré ce qu'il avait prétendu, cela n'avait jamais été le cas…

— Tu as besoin de mon aide, j'imagine ? demanda Luiz d'un ton mielleux.

— Pourquoi dis-tu cela ? s'étonna-t-elle. Tu ne sais même pas ce qui m'amène ici.

— Ce n'est pas difficile à deviner…

Holly plissa le front. Comment était-ce possible ? Certes, il avait toujours été très doué pour lire en elle mais, tout de même, il n'était pas voyant ! Quoique, songea-t-elle en rougissant, il n'y avait pas besoin d'être voyant, simplement observateur… Elle avait pris du poids, et même gagné un bonnet de soutien-gorge ; il l'avait sûrement remarqué au premier coup d'œil. A cette pensée, elle se détendit quelque peu. Au moins, si Luiz avait déjà compris la raison de sa venue, cela lui facilitait la tâche.

— Bon sang, Holly, s'impatienta-t-il, qu'attends-tu pour retirer ce manteau ridicule et venir t'asseoir ?

— Je ne voulais pas m'imposer, comme tu n'as pas beaucoup de temps… Merci.

Comme elle s'installait et enlevait son manteau, Luiz retint son souffle. *Santa Maria* ! Il aurait fallu être aveugle pour ne pas remarquer que Holly était encore plus plantureuse qu'avant. Jusque-là, il n'avait su dire si elle avait pris un peu de poids ou si ce n'était qu'une impression — après tout, à côté d'elle, Cecelia semblait plate comme une limande. Mais cette fois, plus de doute : impossible d'ignorer sa poitrine opulente, même sous sa robe ample. Inévitablement, des images de leurs étreintes enfiévrées lui revinrent à la mémoire, mettant feu à ses sens.

Luiz serra les poings. Que lui arrivait-il ? Pourquoi fallait-il que son corps se réveille maintenant ? Dire qu'il avait espéré que Holly sortirait perdante de la comparaison avec Cecelia… Quelle blague ! Avait-il oublié qu'il avait toujours aimé sa simplicité et son naturel ? Elle, au moins, n'arborait ni moue boudeuse ni ongles parfaitement manucurés.

A présent qu'il se retrouvait seul avec elle, il avait toutes les peines du monde à se retenir d'aller fermer la porte à clé et de prendre sa ravissante Anglaise sur son bureau…

Elle toussota, ce qui chassa ses pensées licencieuses.

— Luiz, je préfère que tu le saches tout de suite : je partirai dès que j'aurai dit ce que j'ai à dire, pour te permettre de réfléchir au calme.

Encore perturbé par la réaction inopinée de son corps, il lui répondit d'une voix plus sèche qu'il ne l'aurait voulu :

— Pourquoi aurais-je besoin de réfléchir ? Dis-moi seulement à quoi va te servir l'argent. Est-ce que tu dois encore faire des travaux dans le refuge ? Au cottage, peut-être ? Franchement, Holly, je veux bien t'aider une dernière fois, en souvenir du bon vieux temps, mais tu ferais mieux de revendre cette vieille bâtisse.

Alors qu'il s'apprêtait à sortir son chéquier d'un tiroir, Holly lui rétorqua d'un ton offusqué :

— Tu penses que je suis ici pour te demander de l'argent ? Mais je rêve… Jamais je ne me serais intéressée à toi si j'avais rencontré le type imbuvable qui est assis en face de moi en ce moment. Quand nous étions ensemble, tu ne t'es jamais comporté comme un goujat arrogant qui s'imagine qu'il n'a qu'à agiter son chéquier pour parvenir à ses fins.

Une pointe de culpabilité le titilla. Holly semblait si sincère et déçue à la fois… Pourtant, sa susceptibilité l'emporta. « Type imbuvable » ? « Goujat arrogant » ? Pour qui se prenait-elle ?

Déterminé à ne pas se laisser marcher sur les pieds, il décida de la conforter dans son idée. Il se renversa dans son fauteuil, puis, croisant les mains derrière la tête, lui répondit d'un ton doucereux :

— Vois-tu, Holly, le goujat arrogant et imbuvable assis en face de toi est le véritable Luiz. Avec toi, j'étais Luiz Gomez, mais ici je suis Luiz Casella, et je n'ai pas le temps de jouer aux devinettes avec toi. Dis-moi ce qui t'amène, qu'on en finisse.

Cette réplique sembla la prendre au dépourvu, car elle détourna le regard et remua sur son siège.

— Je sais que… que tu fréquentes de nouveau quelqu'un.

Luiz réprima un sourire satisfait. Alors comme ça, elle était jalouse ?

— Où as-tu entendu ça ?

— Je l'ai lu sur internet, admit-elle à mi-voix.

Cette fois, Luiz ne retint plus son rictus.

— Vraiment ? Tu as surmonté ton aversion pour les ordinateurs rien que pour prendre de mes nouvelles ? Je suis flatté.

A ces mots, une ombre passa sur le visage de Holly.

— Je voulais savoir qui était réellement l'homme que je croyais connaître. J'ai eu l'impression de lire la vie d'un parfait étranger. Tu es à la tête de plusieurs compagnies,

tu possèdes des maisons un peu partout dans le monde…
Seigneur, qu'as-tu bien pu me trouver ?

Luiz la considéra avec stupéfaction. Dans ses yeux bleus, il ne lisait que dégoût, déception et… pitié ? A croire que sa formidable réussite ne l'impressionnait en rien !

— Eh bien, tu étais…

— Un changement d'air, je sais, conclut-elle à sa place. Un changement dans tes habitudes. A part moi, tu ne fréquentes que des mannequins, des actrices… J'ai vu des photos de la nouvelle femme dans ta vie, Cecelia Follone. Apparemment, elle répond à tous tes critères : elle est sublime, vient du bon milieu social et…

— Bon, la coupa-t-il avec agacement, tu n'as quand même pas fait tout ce chemin juste pour vérifier si les rumeurs étaient fondées ?

— Non, ça, je n'en doute pas. Ce n'est pas parce que je tiens à toi que j'ai fait tout ce chemin : le Luiz dont je suis tombée amoureuse n'existe pas.

Holly luttait pour ne pas laisser transparaître son émotion. Une part d'elle avait désespérément envie de croire que l'homme qu'elle avait aimé était toujours là, caché quelque part derrière ce masque froid. Luiz Gomez ne pouvait tout de même pas avoir été inventé de toutes pièces, si ? Etait-il vraiment possible de jouer un rôle chaque week-end pendant un an et demi ?

« N'oublie pas ce qu'il t'a fait ! se sermonna-t-elle. Cet homme n'a pas de cœur. »

— Cette Cecelia… Est-ce que tu l'aimes ?

Les mots lui avaient échappé.

— Ta question est complètement déplacée.

— Je ne vois pas ce qu'elle a de déplacé.

Il l'observa un instant, insondable, avant de soupirer.

— Disons qu'elle… me convient.

Cette réponse vague incita Holly à persister dans cette voie.

— C'est ta famille qui doit être ravie. Tu m'as dit un jour que ta mère et tes sœurs avaient très envie de te voir marié.

— J'ai dit ça, moi ? Possible, je ne m'en souviens plus. Mais quand vas-tu enfin me dire ce que tu veux ?

Elle prit une profonde inspiration. Cette fois, plus de questions détournées : il allait bien falloir se lancer…

— Je te préviens, dit-elle, ce que je vais t'annoncer risque de te faire un choc. Mais tout d'abord, je veux que tu saches que je… je suis très heureuse pour toi, heureuse que tu aies trouvé quelqu'un.

Prononcer ces mots lui brisait le cœur. Seulement, elle ne pouvait pas donner l'impression qu'elle attendait quelque chose de lui.

— J'aurais aimé pouvoir te l'annoncer plus en douceur, mais… voilà : je suis enceinte.

Luiz se raidit de tout son corps, puis ouvrit et ferma plusieurs fois la bouche, comme s'il avait du mal à enregistrer l'information.

— Tu es… Non, c'est impossible, bredouilla-t-il.

— Mon médecin pense que ça a dû arriver le week-end où j'ai organisé une fête chez moi. J'ai été malade, tu te souviens ? Apparemment, ça peut annuler les effets du contraceptif. Et, comme j'ai arrêté la pilule dès qu'on s'est séparés, je ne me suis pas inquiétée de ne pas voir arriver mes… enfin, tu sais. Le corps met souvent du temps à reprendre un cycle normal, dans ces moments-là. Ma prise de poids ne m'a pas étonnée non plus : après tout, je m'étais mise à manger n'importe comment. Enfin bref, je l'ai seulement appris il y a quelques jours, pendant une banale consultation. J'ai fait une prise de sang pour confirmer : il n'y a aucun doute possible.

Le ton calme et posé avec lequel elle avait parlé la surprenait elle-même. D'un autre côté, elle avait eu quelques jours pour réfléchir, et pour accepter l'idée que sa vie ne serait plus jamais la même.

Luiz, en revanche… Jamais elle ne lui avait vu le teint si terreux !

— Je ne te crois pas, dit-il dans un souffle.

Holly ne se vexa pas. En fait, elle s'était même préparée à cette réaction.

— Je te promets que je n'essaie pas de te manipuler comme ton ex. Je suis vraiment enceinte. J'ai même passé une échographie, j'ai le cliché dans mon sac si tu y tiens. Mais je te le répète : je sais que tu es en couple, je ne veux surtout pas bouleverser ta vie.

— Tu te moques de moi ? Tu m'annonces que tu attends mon enfant, mais tu ne voudrais surtout pas bouleverser ma vie ?

Holly se mordit la lèvre.

— J'entends par là que je ne te demande rien. J'ai même envisagé de ne pas te mettre au courant, mais ça n'aurait pas été juste envers toi de te cacher la vérité. Encore une fois, je t'assure que je ne veux ni ton argent, ni t'obliger à te sentir responsable de cet enfant. Et ne te fatigue pas à essayer de me convaincre de m'en débarrasser, j'ai décidé de le garder et rien ne me fera changer d'avis. Voilà, c'est tout ce que j'avais à dire, conclut-elle nerveusement en se levant.

— Où est-ce que tu crois aller, comme ça ? s'emporta Luiz. Tu ne peux pas lâcher une telle bombe et t'enfuir ! Et puis, qui a dit que je comptais te convaincre d'avorter ? Jamais je ne ferais une chose pareille !

Déjà tournée vers la porte, Holly fit volte-face pour lui adresser un demi-sourire.

— Comme je te l'ai dit tout à l'heure, je m'en vais pour te laisser le temps de réfléchir à tout ça. Tu devrais peut-être en parler à ta fiancée, pour lui éviter de le découvrir après le mariage.

A moitié levé de son fauteuil, Luiz la fixait, les yeux exorbités. A croire que son pire cauchemar venait de se réaliser, songea-t-elle tristement.

— N'essaie pas de me suivre, Luiz. Pense à ce que je viens de t'annoncer. Je ne quitte Londres que demain et tu as mon numéro de portable. Si tu veux qu'on en discute d'ici à mon départ, tu sais ce qu'il te reste à faire.

5.

Après le départ précipité de Holly, Luiz resta longtemps en état de choc. Une seule pensée résonnait dans son esprit : il allait être père.

A quoi bon essayer de se persuader qu'elle lui avait menti ? Holly n'était pas Clarissa, il le savait bien. Comment avait-il pu s'imaginer une seule seconde qu'elle était venue lui extorquer sa fortune ? Elle n'avait jamais été du genre intéressé, alors pourquoi aurait-elle subitement changé en apprenant qu'il était riche ? Etait-il réellement cet homme cynique qui mettait tout le monde dans le même panier ?

Et maintenant, il allait être père…

Il se passa la main sur le visage. Puis, appuyant sur l'Interphone, il ordonna à sa secrétaire d'annuler tous ses rendez-vous. Du calme, voilà ce qu'il lui fallait.

Il passa le reste de l'après-midi à retourner la situation dans tous les sens en arpentant son bureau. Il revenait toujours à la même conclusion : quoi qu'en pense Holly, il n'était pas question qu'il soit absent de la vie de cet enfant. De toute façon, si elle avait décidé de lui annoncer qu'elle était enceinte, c'était bien qu'elle voulait un père pour son bébé, non ?

Finalement, vers 17 heures, il composa le numéro de son ex-maîtresse.

— Il faut qu'on parle, décréta-t-il dès qu'elle décrocha. Face à face.

Elle accepta et proposa qu'il la rejoigne à son hôtel.

— Tu veux rire ? protesta-t-il quand il entendit l'adresse.

Tu es dans le quartier le plus mal famé de Londres ! Tu n'aurais pas pu prendre une chambre ailleurs ?

A l'autre bout du fil, Holly s'indigna :

— Je te ferais remarquer que je ne suis pas venue en vacances ! J'ai choisi un hôtel dans mes moyens, voilà tout.

— Bon, je vais t'envoyer mon chauffeur…

— Non, coupa-t-elle. Dis-moi seulement où tu veux qu'on se retrouve, je prendrai le métro.

Levant les yeux au ciel, Luiz préféra ignorer sa remarque.

— Il viendra te chercher dans une demi-heure.

— Luiz…

— Il n'y a pas de « Luiz » qui tienne, Holly. J'ai un chauffeur, alors je ne vois pas pourquoi tu t'embêterais à prendre le métro. A tout à l'heure.

Puis il raccrocha.

Médusée, Holly fixa son téléphone avant de le jeter furieusement sur le lit de sa chambre d'hôtel. Non mais, de quel droit Luiz lui donnait-il des ordres ? Croyait-il l'impressionner avec son chauffeur ?

Elle soupira. Franchement, ce comportement n'avait rien de nouveau. Avait-elle oublié qu'il avait toujours eu tendance à prendre toutes les décisions ? A l'époque, elle avait admiré sa détermination mais, aujourd'hui, elle n'y voyait plus qu'une sale manie de vouloir tout contrôler.

Elle baissa les yeux sur le peignoir qu'elle n'avait pas quitté depuis qu'elle était sortie de la douche. Bon, décida-t-elle, il était temps de se changer. Elle opta pour une autre robe ample, mieux coupée que celle qu'elle avait portée pour le voyage. Maintenant qu'elle ne rentrait plus dans aucun de ses jeans, il avait bien fallu qu'elle se décide à acheter quelques vêtements larges. Avec une moue, elle alla s'observer dans le miroir. Pour l'instant, elle n'avait pas vraiment l'air enceinte, juste… grosse.

Se plaçant de profil, elle effleura à travers le tissu son

ventre bombé, ce qui suffit à lui faire oublier ses complexes et à la transporter de joie. Elle allait avoir un bébé ! Bien sûr, quand elle avait appris la nouvelle, elle avait d'abord été sous le choc, terrifiée à l'idée de devenir mère. Mais très vite, elle s'était rendu compte que cet enfant était ce qu'elle désirait le plus au monde.

Holly termina de se préparer, puis sortit attendre devant l'hôtel. Malheureusement, ses angoisses la submergèrent de nouveau dès qu'elle monta à l'arrière de la berline que Luiz lui avait envoyée. Quelle décision avait-il bien pu prendre ?

Absorbée dans ses réflexions, ce n'est qu'au moment où la voiture passa un portail en fer forgé qu'elle comprit que, contrairement à ce qu'elle avait imaginé, ce n'était pas dans un restaurant qu'elle allait retrouver Luiz mais chez lui. Tandis qu'ils remontaient lentement une longue allée bordée d'arbres centenaires, elle découvrit, bouche bée, une imposante demeure de briques rouges, à la porte d'entrée gardée par deux grands lions de pierre.

Une pensée amère la traversa lorsque le chauffeur vint lui ouvrir la portière : près de deux ans après avoir rencontré Luiz, il l'invitait enfin chez lui ; hélas, le contexte n'était pas du tout celui qu'elle avait espéré à l'époque…

Un nœud d'émotion lui étreignit alors la gorge : Luiz venait d'apparaître dans l'encadrement de la porte, pieds nus, simplement vêtu d'un jean noir et d'un polo gris moulant. Le voir dans une tenue aussi décontractée lui rappela de douloureux souvenirs, qu'elle repoussa de son mieux.

Sans un mot, il s'effaça pour la laisser entrer. L'opulence des lieux lui coupa le souffle. Un majestueux escalier de marbre s'élevait face à elle, surmonté d'une rosace en vitrail qui laissait filtrer les dernières lueurs du jour, dessinant un motif coloré sur le luxueux tapis qui couvrait le plancher. Quant aux murs, ils étaient ornés de ce qui lui semblait être des toiles de maîtres.

— Ça alors, murmura Holly, je ne m'étais pas imaginé un décor aussi impressionnant.

— Si tu tiens encore une fois à me traiter de goujat parce que je t'ai caché ma fortune, épargne-moi tes reproches et venons-en au fait : enlève ton manteau.

Le ton abrupt de Luiz la prit au dépourvu.

— Je te demande pardon ?

— Enlève ton manteau et montre-moi ton ventre.

— Tu veux dire que tu ne me crois toujours pas ?

— Si, mais ça ne m'empêche pas d'avoir envie de toucher.

Sans lui laisser le temps de réagir, il lui retira son manteau et posa les mains sur le renflement de sa robe. Sous le choc, Holly ne put retenir un petit cri avant de s'écarter vivement.

— Quoi ? lui demanda Luiz en remettant les mains dans les poches. Ne me dis pas que je n'ai pas le droit de faire ça.

— Nous ne… partageons plus ce genre de relation, bredouilla-t-elle en tentant de calmer les battements affolés de son cœur.

Le contact n'avait duré qu'une seconde et, pourtant, c'était comme si son corps venait de revenir à la vie après plus de deux mois d'hibernation. Ce geste n'avait pas laissé Luiz indifférent non plus, elle le voyait dans son regard. Il avait beau feindre la nonchalance, une lueur dans ses prunelles trahissait son trouble.

Se sentant rougir jusqu'aux oreilles, Holly s'efforça d'aborder le sujet qui les intéressait.

— Tu as dit que tu voulais discuter, Luiz, alors…

— Je vais te chercher à boire, l'interrompit-il. Est-ce que tu as mangé ?

— Je n'ai pas faim.

— Je vais nous commander à dîner, poursuivit-il comme s'il ne l'avait pas entendue.

— Non, je t'assure, ce n'est pas la peine.

— Bon, Holly, si on commence à se disputer chaque fois que je propose quelque chose, nous ne risquons pas d'aller bien loin. Je me suis déjà excusé de t'avoir menti par le passé, c'est à toi de tourner la page à présent. Au cas où tu ne l'aurais pas remarqué, les circonstances ont changé. Nous ne pouvons pas laisser la rancœur nous empoisonner.

Holly pinça les lèvres pour se retenir de protester. Malgré son attitude détestable, Luiz n'avait pas tout à fait tort.

— Très bien, concéda-t-elle, sans toutefois réussir à dissimuler la colère qui l'animait.

Elle le suivit sans discuter jusqu'à la pièce voisine, mais s'obligea à ignorer la décoration — pas question de se laisser impressionner par ce luxe outrancier. Comme Luiz s'installait sur un canapé de cuir, elle l'imita, tout en prenant garde de laisser de la distance entre eux. Ses yeux tombèrent sur la table basse, où attendaient deux verres, une bouteille de vin et une carafe d'eau sans doute disposée à son intention.

Ce fut Luiz qui parla le premier :

— Avant toute chose, je préfère te prévenir qu'il est inutile de gaspiller ta salive à me répéter que tu ne comptes pas bouleverser ma vie. A partir d'aujourd'hui, ma vie ne sera plus jamais la même.

— La mienne non plus !

— Alors, à nous de trouver un moyen de gérer au mieux cette situation, répondit-il en lui tendant un verre d'eau.

— Je sais que ça ne va pas être facile, Luiz. Mais après tout, nous ne sommes pas les premiers à qui ça arrive. Si tu souhaites faire partie de la vie de cet enfant, je te promets d'être très accommodante ; tu pourras venir lui rendre visite quand tu voudras. Par contre, si tu ne tiens pas à t'impliquer, je le comprendrais aussi. Tu as refait ta vie, et je ne peux pas t'obliger à mêler ta… fiancée à cette histoire.

Sans marquer la moindre hésitation, Luiz regarda Holly droit dans les yeux pour lui donner sa réponse.

— Non.

— Non ? répéta-t-elle sans comprendre.

Qu'y avait-il à refuser ? Elle lui avait pourtant donné les deux seules options possibles !

— Aucune de ces solutions ne me convient, Holly. J'ai bien réfléchi, cet après-midi. Personnellement, je ne vois qu'une seule issue : t'épouser.

Holly en resta sans voix. Avait-elle bien entendu ? Non, ce n'était pas possible, il ne pouvait pas être sérieux…

— J'ai été élevé dans le respect des valeurs tradition-nelles, tu le sais, reprit-il, alors il n'est pas question que mon bébé naisse hors mariage. Tu ne vois peut-être aucun problème au fait que je rende visite à mon enfant quand je le pourrai, mais moi, ce n'est pas la vision que j'ai de la place d'un père. Bien sûr, il faudra que tu acceptes de signer un contrat de mariage. Mais ne t'inquiète pas, tu ne manqueras de rien. En fait, tu seras même plus riche que tu ne peux l'imaginer.

Les mots « contrat de mariage » suffirent à dissiper la brume qui avait envahi son esprit.

— Comment peux-tu être aussi arrogant ? s'indigna-t-elle. Tu me parles de mariage sans même me demander mon avis, sans même te rendre compte que je ne pourrai jamais te pardonner ce que tu m'as fait ! Tu ne m'as pas seulement menti, Luiz, tu ne m'as jamais fait confiance. Et voilà que tu réclames un contrat de mariage… Ça veut tout dire !

— Que ça te plaise ou non, je suis le père de cet enfant. C'est une situation que je n'avais pas prévue, c'est vrai, mais je suis prêt à faire mon devoir.

C'était plus qu'elle ne pouvait supporter.

— Enfin, est-ce que tu t'entends ? s'écria-t-elle en bondissant du canapé. C'est horrible de vouloir épouser quelqu'un par devoir, même pour le bien d'un enfant !

Etouffant un sanglot, elle se précipita vers la sortie. Vif comme l'éclair, Luiz la saisit par le poignet et lui fit faire volte-face. Troublée de se retrouver soudain si près de lui, Holly vacilla, le souffle court. Elle ne songea même pas à s'écarter. La fièvre qu'elle lisait dans les yeux noirs de son ex-amant l'hypnotisait, la paralysait. Lorsque la main qui lui tenait le poignet remonta délicatement le long de son bras, elle entrouvrit les lèvres, haletante.

Alors, lentement, Luiz s'inclina vers elle.

— Il n'y a pas que le sens du devoir qui me pousse vers toi, murmura-t-il avant de s'emparer de sa bouche dans un baiser qui la transporta.

Luiz se raidit, traversé par une flèche de désir. Pouvoir enfin savourer de nouveau les lèvres sucrées de Holly lui fit perdre la tête. Il la saisit par les hanches pour la plaquer contre lui, puis glissa les mains sous le tissu de sa robe. Bon sang, il avait oublié à quel point elle avait la peau douce ! Il dégrafa son soutien-gorge et emprisonna ses seins lourds entre ses paumes. Du bout des pouces, il taquina les mamelons, qui durcirent sous sa caresse. Le gémissement sourd qu'il arracha à Holly ne fit que redoubler la puissance de son érection. Il n'avait qu'une envie : pouvoir laisser courir sa langue sur la poitrine affolante de la belle Anglaise qui se pâmait dans ses bras. Voilà presque trois mois qu'il n'avait pas touché une femme ; tout à coup, attendre une seconde de plus était insoutenable.

— Laisse-moi te regarder, Holly.

— On ne devrait pas…, protesta-t-elle faiblement.

Pourtant, elle ne fit rien pour le repousser. Au contraire, elle s'agrippa à sa nuque comme si ses jambes ne la portaient plus. Envahi d'une bouffée de satisfaction, Luiz prit sa proie consentante dans ses bras pour la déposer sur le canapé. Elle n'avait jamais pu lui résister ; aujourd'hui encore, il suffisait d'une caresse pour qu'elle s'abandonne.

Pourtant, lorsqu'il souleva sa robe, il oublia momentanément le besoin qui le consumait. Comme hypnotisé par le spectacle qui s'offrait à ses yeux, il effleura avec révérence la légère rondeur du ventre de Holly. Quelle sensation incroyable ! Déjà, tout à l'heure, quand il l'avait touchée pour la première fois à cet endroit, il avait été troublé ;

mais cette fois, ce qu'il éprouvait dépassait toute mesure : le miracle de la vie avait lieu, là, juste sous sa main !

C'est alors qu'on sonna à la porte.

Horrifiée, Holly se redressa sur un coude. Seigneur, qu'avait-elle fait ? Elle avait cédé aux avances de Luiz avec une facilité presque humiliante ! Voilà un homme qui n'aurait sans doute jamais repris contact avec elle si elle n'était pas tombée enceinte, un homme qui voulait l'épouser par obligation morale, un homme qui se méfiait encore de ses intentions et, elle, que faisait-elle ? Elle se jetait dans ses bras ! Pitoyable…

A coup sûr, il essayait de l'amadouer pour qu'elle se range à son avis. Comment cette prétendue attirance aurait-elle pu être sincère alors que, cet après-midi encore, il prévoyait d'épouser… Oh, mon Dieu ! Cecelia Follone ! Elle n'avait même pas songé une seconde à la petite amie de Luiz !

Et visiblement, lui ne s'en souciait pas davantage. Alors que la sonnette retentissait avec impatience, la main qu'il gardait posée sur son ventre remonta jusqu'à un sein.

— Ne fais pas attention à ça. Celui qui attend à la porte finira bien par abandonner.

— Comment oses-tu ? s'écria Holly en repoussant violemment la main de Luiz. Je n'arrive pas à croire que tu…

— Ne joue pas à ce petit jeu avec moi ! Ne fais pas comme si tu avais atterri à moitié nue sur mon canapé sous la menace.

Se dégageant de l'étau des cuisses de Luiz, elle remit sa robe en place, tremblante de honte.

— Tu crois que je suis fière de… de… ? bredouilla-t-elle tout en s'éloignant le plus possible de lui.

— Allez, dis-le : d'avoir eu envie de moi. C'est si dur à admettre ? Pourtant, il n'y a pas de honte à…

Il fut interrompu par le bruit tonitruant de la sonnette, qui retentit en continu jusqu'à ce qu'il aille ouvrir la porte.

En panique, Holly se recoiffa comme elle put. Des claquements de talons résonnaient dans l'entrée. Puis Cecelia Follone apparut sur le seuil de la pièce, plus sublime encore que sur les photos. Vêtue d'une robe rouge très courte qui mettait en valeur son teint hâlé et d'un manteau de fourrure porté sur les épaules comme une cape, elle darda son regard de jade sur Holly.

Elles restèrent toutes deux aussi figées que des statues, dans un silence tendu qui s'éternisa jusqu'à ce que Cecelia n'explose soudain dans un flot hystérique de portugais. Le visage en feu, Holly baissa les yeux et déglutit avec peine. Nul besoin de connaître cette langue pour comprendre de quoi la Brésilienne l'accusait.

A raison, hélas…

Luiz finit par interrompre sa petite amie.

— Il semblerait que mon rendez-vous de ce soir me soit sorti de l'esprit, Holly. Ce qui, tu en conviendras, n'a rien de surprenant au vu des circonstances.

Interloquée, elle le dévisagea. Comment pouvait-il rester imperturbable alors qu'il venait d'être pris la main dans le sac ? Manifestement, Cecelia partageait cet avis puisqu'elle se remit à vociférer d'une voix de plus en plus stridente.

— S'il te plaît, Cecelia, la coupa Luiz sans sourciller, veux-tu bien arrêter de t'exprimer en portugais devant mon invitée ?

Les traits déformés par la rage, la Brésilienne le fusilla du regard avant de capituler, l'index pointé sur Holly.

— C'est qui, celle-là ? Qu'est-ce qu'elle fait ici ?

S'efforçant de retrouver ses bonnes manières, Holly s'avança vers elle d'un pas mal assuré et lui tendit la main.

— Je… Je m'appelle Holly et je suis venue pour… pour…

Les mots lui manquèrent. La brune la toisait comme si elle avait affaire à un misérable insecte.

— Les circonstances ont changé, Cecelia, intervint

Luiz. Je t'appellerai demain pour tout t'expliquer ; pour le moment j'ai bien peur de devoir te demander de t'en aller.

— Je n'irai nulle part tant que tu ne m'auras pas dit ce qui se passe !

— Il ne se passe rien ! se défendit Holly. J'étais… J'étais seulement passée pour discuter avec Luiz, et j'allais justement partir.

Cette réponse ne sembla pas du goût de Luiz, qui se dressa entre elles. D'un ton dépourvu d'émotion, il s'adressa en portugais à Cecelia, qui passa en un clin d'œil de la fureur au choc.

Pendant les dix interminables minutes que dura leur conversation, Holly aurait voulu devenir invisible. Le nez baissé, elle resta parfaitement immobile et se mordit compulsivement les lèvres en se traitant de tous les noms.

Elle retint un soupir de soulagement quand, enfin, Luiz accompagna Cecelia jusqu'à la sortie. Profitant de ce bref moment de répit, elle rassembla ses affaires.

— Où crois-tu aller, comme ça ? Notre conversation est loin d'être terminée. D'autant que je viens de rompre avec Cecelia.

Elle lui retourna un regard stupéfait.

— A cause de moi ?

— Eh bien, sans même connaître toute l'histoire, elle n'a pas eu besoin que je lui fasse un dessin pour comprendre ce que nous étions en train de faire, toi et moi.

Tout à coup, l'impassibilité de Luiz fut plus qu'elle ne pouvait supporter. N'éprouvait-il donc aucun scrupule ?

— Comment as-tu pu ? s'écria-t-elle, la gorge serrée. Comment as-tu pu me séduire alors que tu avais déjà une femme dans ta vie ? J'en suis malade rien que d'y penser !

Une autre question la mettait encore plus au supplice : combien de fois Luiz avait-il fait l'amour à Cecelia depuis qu'ils se fréquentaient ? Des dizaines, probablement… Seigneur, pourquoi était-elle aussi jalouse à l'idée qu'il ait touché une autre femme ? Ce n'était pas bien, il fallait qu'elle se reprenne ! Mieux : il fallait qu'elle mette les choses au clair avec lui. Plutôt mourir que de le laisser s'imaginer que cet incident allait se reproduire !

Luiz ne parvenait pas à sortir de l'état de stupéfaction dans lequel l'avait plongé la question de Holly. Lui qui avait toujours été si fidèle, comment avait-il pu en effet complètement oublier Cecelia ? Pire encore : comment se faisait-il que rompre avec elle ne lui ait fait ni chaud ni froid ? Se pouvait-il qu'elle n'ait fait que combler l'étrange vide que l'absence de Holly avait laissé dans sa vie ?

Troublé par cette idée, il répondit plus sèchement qu'il ne l'aurait voulu :

— Ma relation avec Cecelia n'est plus un problème. Nous ferions mieux de tirer les conclusions de ce qui vient de se produire. Alors, si tu veux bien…

Il lui indiqua le canapé pour l'inviter à se rasseoir. Holly sembla hésiter un instant, puis retira son manteau avant de s'installer dans l'un des fauteuils.

— Ce n'était pas la peine de rompre avec ta petite amie, insista-t-elle en le défiant du regard. Je te le répète : je n'avais pas l'intention de m'immiscer entre vous.

Luiz prit place face à elle.

— Que veux-tu, tes valeurs ne sont pas les miennes. Fréquenter une femme pendant qu'une autre porte mon enfant est tout simplement inconcevable. Le mariage est la seule solution. Je ne serai pas un père absent. Un enfant a besoin de la présence de ses deux parents.

— Donc, si je te suis bien, il vaut mieux avoir des parents qui ne se sont mariés que par convenance ? Ne dis pas le contraire, Luiz, nous nous sommes séparés parce que tu refusais le moindre engagement envers moi. Tu ne m'as jamais fait confiance et, encore aujourd'hui, tu parles de contrat de mariage. Comment peux-tu attendre que je ferme les yeux sur tout ça et que je t'épouse à cause d'un accident ?

Il lui jeta un regard noir.

— Je t'interdis d'employer ce terme. Un accident, c'est se casser une jambe ; les conséquences sont mineures, le problème est vite réglé. Avoir un enfant est une affaire autrement plus sérieuse : les conséquences sont infinies, c'est un engagement à vie. Que cette grossesse ait été prévue ou non, c'est à nous de prendre nos responsabilités et de mettre nos différends de côté.

— Je suis d'accord, mais cela ne signifie pas pour autant que nous devons nous marier. Nous pouvons parfaitement être de bons parents sans vivre ensemble. Mieux vaut des parents séparés mais heureux que malheureux en ménage.

— Tu parles comme si m'avoir pour mari relevait de la torture, se défendit-il. Pourtant, ça fait toujours des étincelles entre nous, tu ne peux pas le nier !

Holly poussa un soupir exaspéré.

— Je me demandais quand tu mettrais ça sur la table. Oui, je te trouve attirant, comme beaucoup de femmes, je suppose. Mais ce n'est pas suffisant. Nous avons tous les deux droit au bonheur. Toi, tu n'aurais pas dû quitter Cecelia et, moi, je compte bien rencontrer mon âme sœur un jour.

Cette réflexion lui fit froncer les sourcils. Comment pouvait-elle sous-entendre que vivre avec lui la rendrait malheureuse alors que, trois mois plus tôt, c'était lui qu'elle considérait comme son âme sœur ?

Toutefois, il ne comptait pas abandonner la partie. Et puis combien de femmes tueraient pour être à la place de Holly en ce moment même ? Les hommes aussi riches que lui ne se trouvaient pas à tous les coins de rue ! Et si, en plus, tous deux restaient liés par la passion, ce n'était que la cerise sur le gâteau. Alors pourquoi refusait-elle de mettre sa fierté de côté pour se ranger à son avis ?

— Je ne regrette pas d'avoir rompu avec Cecelia, finit-il par répondre. Je l'aurais quittée, que tu sois enceinte ou non.

— C'est vrai ?

Intrigué, Luiz plissa les yeux. Avait-il rêvé, ou venait-il d'entendre de la curiosité dans sa voix ?

— Pourtant, elle est parfaite pour toi, reprit-elle d'un ton neutre. Je croyais que tu cherchais une femme qui venait du même milieu que toi ?

— Holly, soupira-t-il, ne change pas de sujet, s'il te plaît. Surtout si c'est pour jouer les disques rayés. Tu sais, si nous ne nous marions pas, ça posera un certain nombre de problèmes. Par exemple, tu t'attends vraiment à ce que je passe mon temps à faire la navette entre Londres et le Yorkshire ? Est-ce que tu sais le temps que ça prend ?

— Luiz, tu as fait ça pendant des mois. Ça ne te dérangeait pas à l'époque.

— Ce n'était que les week-ends. Il n'est pas question que je me contente de voir mon enfant deux jours par semaine. Et il n'y a pas que ça : comment comptes-tu te débrouiller quand il sera plus grand ? L'école la plus proche de chez toi se situe à… quoi ? Trente kilomètres ? Est-il censé avoir une scolarité instable pour la simple raison que tu vis au beau milieu de nulle part et qu'en hiver les routes seront trop enneigées pour que tu puisses le conduire à l'école ?

— Tu te projettes trop loin dans l'avenir.

Au ton hésitant qu'elle avait employé, Luiz sut qu'il venait de marquer un point.

— J'essaie seulement de trouver un arrangement équitable. Nous allons tous les deux devoir faire des sacrifices. Si vraiment tu refuses de m'épouser, alors il va au moins falloir que tu daignes emménager à Londres.

— Non, je ne vivrai pas en ville.

— Et moi, je ne passerai pas mon temps à faire des allers-retours jusqu'au Yorkshire. Tu vois ? ajouta-t-il avec un sourire forcé. Moi aussi, je peux jouer les têtes de mule.

Avec un soupir triste, Holly baissa la tête.

— Sois un peu raisonnable. Si je vivais en ville, que deviendraient mes animaux ?

Luiz se raidit. Pas question de se laisser avoir par son petit numéro de victime.

— Pour tes animaux, nous trouverons bien une solution.

Il marqua une pause avant de reprendre, solennel :

— Je serai à New York la semaine prochaine. Tu devrais en profiter pour réfléchir à ma proposition. Tu sembles croire que ta vie restera la même, mais tu te trompes. Plus rien ne sera jamais comme avant, désormais.

6.

Depuis sa conversation avec Luiz, c'est à peine si Holly avait fermé l'œil. Même le calme de la campagne qu'elle avait retrouvé la veille au soir n'avait pas réussi à apaiser son tourment. Cette nuit encore, le sommeil se refusait à elle ; trop de questions se bousculaient dans son esprit.

Quelle décision devait-elle prendre ? Devait-elle renoncer à la vie qu'elle menait ici pour accepter la proposition de Luiz ? Il avait soulevé des problèmes pertinents concernant l'avenir de leur enfant. L'épouser et partir vivre à Londres était sans doute la meilleure solution pour leur bébé.

Même Andy, lorsqu'elle lui avait demandé conseil, était convenu qu'élever un enfant dans un endroit aussi isolé était loin d'être idéal. En plus d'être séparé de son père au quotidien, il risquait de s'ennuyer. Comment pourrait-il inviter ses amis à venir jouer quelques heures après l'école ? Comment pourrait-il suivre des activités extrascolaires s'il vivait si éloigné de tout ? Ce n'était pas comme si elle allait pouvoir passer ses journées à le conduire à droite ou à gauche. Et puis, que ferait-elle s'il tombait gravement malade ou, pire, s'il avait besoin d'aller à l'hôpital ? Elle ne savait que trop bien le temps que mettaient les secours à arriver jusqu'ici…

Poussant un profond soupir, Holly sortit de son lit et avança jusqu'à la fenêtre. Dehors, la pleine lune brillait dans le ciel, inondant de sa clarté ce paysage qu'elle aimait tant. Oui, même si cette idée lui brisait le cœur, elle savait qu'elle allait devoir quitter le Yorkshire — et donc son refuge adoré. Elle posa un regard triste sur l'arrière de la grange qu'elle distinguait depuis sa fenêtre. Qui allait s'occuper de ses animaux ?

Tout à l'heure, elle avait émis l'idée de confier les rênes du refuge à Andy ; il avait refusé, car il prévoyait de bientôt s'installer dans la capitale et de se reconvertir dans l'enseignement. Quel choc elle avait ressenti quand il lui avait annoncé avoir repris contact avec Marcus, l'amour de sa vie, et qu'ils comptaient donner une seconde chance à leur couple ! C'était par peur de s'emballer trop vite qu'il ne lui en avait pas parlé plus tôt, mais à présent il était plus déterminé que jamais. Son ami avait semblé réellement heureux de cette décision. Honnêtement, comment pourrait-elle lui en vouloir ? Il avait déjà suffisamment regretté de ne pas avoir suivi Marcus lorsqu'il était parti faire ses études de médecine à Toronto. Alors maintenant qu'il venait de se faire engager dans un hôpital de Londres, elle comprenait sans mal qu'il souhaite le rejoindre.

La gorge serrée, Holly referma le rideau et retourna se mettre au lit. Le départ prochain d'Andy ne fournissait-il pas une raison de plus pour emménager à Londres ? Pourtant, c'était plus fort qu'elle, elle ne pouvait se résoudre à épouser Luiz. N'avait-elle pas droit au bonheur, elle aussi ? Pourquoi devrait-elle se contenter d'un simulacre de mariage ? Pire : un simulacre de mariage avec un homme qui s'était joué d'elle ?

D'un autre côté, passer le reste de sa vie avec Luiz avait quelque chose de séduisant, elle ne pouvait prétendre le contraire. A cette pensée, une bouffée de honte l'envahit. Pourquoi continuait-elle à perdre tous ses moyens en sa présence ? Elle avait beau essayer de se convaincre que ce n'était qu'une attirance purement physique, elle savait, au fond d'elle, que ce n'était pas aussi simple. Se pouvait-il qu'elle éprouve encore des sentiments pour lui malgré tout ? Etait-ce pour cette raison qu'elle n'arrivait pas à considérer sa proposition de manière pragmatique ? Parce qu'elle ne supportait pas l'idée de souffrir en silence aux côtés d'un homme qui ne l'aimait pas et qui multiplierait sûrement les maîtresses ? Après tout, malgré ses belles paroles sur la fidélité, il avait prouvé l'autre jour avec Cecelia qu'il était loin d'être aussi vertueux qu'il le prétendait…

Des larmes se formèrent au coin de ses paupières et roulèrent dans ses cheveux. Elle ne prit pas la peine de les essuyer ; elle avait tant pleuré ces derniers mois qu'elle n'y prêtait même plus attention. Fermant les yeux, elle se tourna sur le côté pour chercher une position plus confortable. Hélas, le sommeil ne vint pas et elle ne parvenait toujours pas à prendre une décision.

Holly se redressa d'un bond, réveillée en sursaut par un concert d'aboiements furieux qui retentissaient à l'extérieur. Elle avait l'impression de n'avoir dormi que quelques minutes. Qui pouvait bien mettre les chiens dans cet état ? Après s'être habillée en vitesse, elle se dépêcha de sortir pour connaître l'origine du vacarme.

Ce qu'elle découvrit la surprit tant qu'elle se figea sur le pas de la porte : des voitures et des camionnettes avaient envahi son allée, et une dizaine de personnes s'étaient agglutinées autour de Claire et de Sarah, les bénévoles du refuge. Avant même d'avoir eu le temps de comprendre ce qui se passait, elle fut repérée. Aussitôt, des flashes crépitèrent et on la bombarda de questions sur sa relation avec Luiz Casella. C'est alors que la lumière se fit dans son esprit : des paparazzis !

Abasourdie, elle ne retrouva l'usage de ses jambes que lorsque Claire et Sarah eurent réussi à se frayer un chemin jusqu'à elle.

— Petite cachottière ! s'exclama Claire en riant. C'est comme ça qu'on apprend que tu vas épouser un milliardaire !

Sans attendre, Holly les poussa à l'intérieur avant de claquer la porte derrière elles. L'enthousiasme de ses amies retomba dès qu'elle leur eut résumé la situation.

Après avoir tiré les rideaux du salon pour éviter qu'on ne les espionne, elles restèrent toutes trois un moment dans la semi-obscurité, à écouter les voix s'éloigner. Les paparazzis avaient-ils compris le message ? Allaient-ils partir, ou bien attendre patiemment comme des vautours ?

Holly alla vérifier à la fenêtre de la cuisine, dont elle se dépêcha de baisser le store. Ils étaient toujours là ! Désemparée, elle se passa la main sur le visage. Alors, c'était donc ça que vivaient les célébrités au quotidien ? Quelle horreur ! Comment allait-elle pouvoir travailler dans ces conditions ? Elle téléphona à Andy pour le prévenir de ne pas se déplacer aujourd'hui, puis, après une brève hésitation, composa le numéro de Luiz.

Quand il décrocha d'une voix ensommeillée, elle était tellement en colère qu'elle lui tomba dessus à bras raccourcis sans s'excuser de l'avoir réveillé ni prendre le temps de lui expliquer ce qui se passait.

— Je ne peux pas sortir de chez moi par ta faute ! cria-t-elle dans le combiné. Débrouille-toi pour les faire partir !

Au bout du fil, un soupir las lui répondit.

— Des paparazzis s'en prennent à toi, c'est ça ? Crois-moi, je sais ce que c'est.

— Je me moque de ta compassion, Luiz ! Je suis obligée de me barricader dans ma propre maison ! Que font-ils ici, d'abord ? Est-ce toi qui leur as parlé de moi ? Ils m'ont posé plein de questions sur ma grossesse et le mariage. On dirait des loups assoiffés de sang. Non, je retire ça, ce serait une insulte envers les loups.

— Calme-toi, Holly.

Le ton paternaliste de Luiz ne fit que la hérisser davantage.

— Facile à dire ! Ce n'est pas toi qui te retrouves assiégé par une horde de journalistes. Qui me dit qu'ils n'ont pas installé des micros dans les plates-bandes pour pouvoir écouter toutes mes conversations ?

Elle pinça les lèvres pour s'obliger à se taire. Elle exagérait, elle en avait conscience. Mais elle en avait bien le droit, non ? Claire et Sarah n'avaient jamais su garder un secret, ce qui voulait dire que, très bientôt, toute la région serait au courant de sa grossesse. C'était un des inconvénients de la vie à la campagne : comme tout le monde se connaissait, les potins couraient vite… Seulement, elle n'avait aucune envie que sa vie privée soit décryptée, encore moins déformée par le bouche à oreille.

— Arrête de paniquer, lui intima Luiz d'un ton neutre. Avec le temps, j'ai appris à me débarrasser de ces parasites.

Cette nouvelle alluma une lueur d'espoir en elle.

— Ah oui ? Comment ?

— Il faut les ignorer. S'ils deviennent trop insistants, contente-toi de répondre « sans commentaire ». Au bout d'un moment, si tu ne leur donnes aucune information croustillante à se mettre sous la dent, ils finiront par abandonner.

— A t'entendre, ils ne sont pas près de partir, alors, soupira-t-elle.

Néanmoins, elle se détendit quelque peu.

— Tu ne m'as toujours pas dit comment ils ont appris mon existence, reprit-elle.

— A mon avis, c'est Cecelia qu'il faut remercier pour ce cadeau empoisonné. Elle a dû deviner que je cachais une histoire de grossesse imprévue et elle a sauté sur l'occasion pour se venger, tout simplement.

Holly fit la grimace. Il y avait peu de chances que Cecelia soit parvenue à cette conclusion sans raison. Un seul regard avait dû lui suffire pour savoir qu'elle avait affaire à une femme enceinte. Les kilos en trop n'échappaient jamais à celles qui n'avaient pas un gramme de graisse…

— Je ne sais pas quoi faire, admit-elle, désespérée. Je ne peux même pas aller m'occuper des animaux. Pour le moment, Claire et Sarah sont dans mon salon, mais je ne vais tout de même pas les garder enfermées toute la journée. J'ai dit à Andy de ne pas venir aujourd'hui, il ne réussirait qu'à se faire harceler à son tour.

Un long silence s'ensuivit, comme si Luiz réfléchissait.

— Bon, voilà le plan d'action, annonça-t-il enfin. Dans

quelques heures, tu vas envoyer les bénévoles s'occuper des animaux. Assure-toi seulement qu'elles tiennent leur langue.

— Pourquoi pas plus tôt ?

— Parce que je ne peux pas faire de miracles en cinq minutes depuis New York !

— Je ne te demande pas un miracle, à ce que je sache.

— Ah non ? Alors pourquoi m'appelles-tu pour te plaindre qu'on empiète sur ta vie privée, sans même te soucier de l'heure qu'il peut être ici ? Pour moi, ça ne peut vouloir dire que deux choses : soit tu tiens à me faire savoir que c'est ma faute si des paparazzis ont envahi ton terrain, soit tu comptes sur moi pour régler ton problème.

Cette remarque laissa Holly sans voix. Il avait raison, elle comptait sur lui pour tout arranger. Comment pouvait-elle se prétendre indépendante si elle l'appelait à l'aide au moindre souci ? Cependant, il n'était pas question qu'elle l'admette !

— N'essaie pas de retourner la situation, Luiz. Le fait est que je ne savais pas qui tu étais quand nous étions ensemble ; j'étais loin de me douter que tu apparaissais dans les magazines people. Je n'ai jamais prévu de me retrouver sous les feux des projecteurs. Je t'ai appelé parce que rien de tout ça ne serait jamais arrivé sans toi.

— Qu'est-ce que c'est censé vouloir dire ?

— Ça veut dire que je tiens à ma vie privée. Que j'aurais préféré ne jamais te rencontrer.

Elle se mordit la lèvre. Elle avait laissé la rancœur parler à sa place, et jamais elle n'avait autant regretté des paroles. Au silence pesant qui s'éternisa au bout du fil, elle devina que ses mots avaient blessé Luiz — ou du moins qu'il était vexé.

Tant pis, elle ne s'excuserait pas. Il était grand temps qu'elle lui montre qu'elle avait changé. Elle n'était plus celle qui se pliait en quatre pour lui plaire. Elle avait retenu la leçon, désormais.

— Au cas où tu l'aurais oublié, répliqua-t-il froidement,

nous sommes deux à subir les conséquences de notre liaison. Ce n'est pas en nous jetant des accusations à la figure que nous allons régler quoi que ce soit.

— Très bien.

Elle avait répondu d'un ton guindé, en luttant pour retenir ses larmes. Si elle ne pensait pas ce qu'elle venait d'affirmer, Luiz, en revanche, sous-entendait qu'il avait lui aussi des griefs contre elle. Et comment oublier que, s'il ne l'avait pas rencontrée, s'il n'avait pas eu cette aventure avec elle, il ne serait pas bientôt coincé dans une vie de famille qu'il n'avait pas demandée.

Luiz lui expliqua alors le reste de son plan :

— Fais tes valises. Je vais t'envoyer l'un de mes hommes. Je lui dirai de t'attendre sur le chemin de terre qui traverse les champs, à l'arrière du cottage. Quand il te téléphonera pour te prévenir de son arrivée, tu enverras Claire et Sarah s'occuper des animaux. De cette façon, tu profiteras de la diversion pour sortir par la porte de derrière.

— Et pourquoi n'enverrais-tu pas des agents des services secrets, pendant que tu y es ? railla-t-elle.

— Holly, si tu n'aimes pas ma solution, tu n'as qu'à aller affronter les paparazzis. Mais ne viens pas te plaindre quand tu te retrouveras à la une des tabloïd.

Elle poussa un soupir exaspéré.

— Il y a tout de même quelque chose que je ne comprends pas. Comment se fait-il que, pendant toute la durée de notre relation, personne ne soit jamais venu nous embêter ?

— C'est simple : à l'époque, ils n'avaient aucune raison de penser que je cachais quoi que ce soit. Tandis que là on leur offre sur un plateau une affaire juteuse entre un milliardaire, une ex-petite amie revancharde et une maîtresse enceinte qui tient un refuge en pleine campagne. Ces charognards ne se donnent la peine de suivre une piste que s'ils flairent une histoire qui se vendra comme des petits pains.

— Je vois… Et donc, combien de temps va-t-il falloir que je fasse profil bas ? Quand vais-je pouvoir revenir ici ?

— Pas de sitôt.

— Comment ça, pas de sitôt ? répéta-t-elle, criant presque.

— Ecoute, Holly, que tu t'enfuies va les exciter : ça leur confirmera qu'ils tiennent un sujet vendeur. Et à partir de là, même si tu arrives à les semer aujourd'hui, ils finiront bien par retrouver ta trace. A la seconde où tu essaieras de retourner chez toi, ils recommenceront à te harceler. Tu ne t'imagines pas à quel point ces gens sont tenaces. En plus, connaissant Cecelia, il y a des chances pour qu'elle prenne un malin plaisir à me gâcher la vie en colportant régulièrement des ragots. Elle sait pertinemment que la presse à scandales n'aime rien tant que les rebondissements.

Holly avait de plus en plus de difficultés à respirer. Luiz disait vrai : certaines célébrités semblaient ne jamais quitter la une des magazines people. Etait-ce parce que des prétendus journalistes ne cessaient de fouiner dans leur vie ? N'allait-elle donc jamais pouvoir reprendre une existence normale ?

— Je te conseille de venir te réfugier chez moi, à Londres, dit Luiz. Je vais m'arranger pour te rejoindre le plus vite possible, puis nous aviserons de la suite. Au calme.

— Mais… et mon refuge ?

— Andy et les autres peuvent le gérer sans toi, ils savent ce qu'ils ont à faire. Oh ! avant que j'oublie, prends ton passeport dans tes bagages. Tu en as bien un, j'espère ?

Cette question la prit au dépourvu.

— Oui, bien sûr. Pourquoi j'aurais besoin de mon passeport ?

— Je dois te laisser maintenant, lança Luiz, qui raccrocha aussitôt.

Déconcertée, Holly reposa le combiné avant de risquer un coup d'œil entre les lames du store. Les paparazzis étaient retournés vers leurs véhicules mais restaient à l'affût du moindre mouvement. Quant aux animaux, si ce moment de répit les avait quelque peu calmés, ils paraissaient bien plus agités que d'habitude. Pauvres bêtes…

Elle se massa la nuque pour tenter d'apaiser sa tension. Avait-elle d'autre choix que de suivre les instructions de Luiz ? Lorsqu'elle retourna dans le salon pour expliquer le plan à Claire et à Sarah, la lueur d'excitation qui brilla dans leurs yeux ne lui échappa pas. A n'en pas douter, même si elles respectaient leur promesse de garder le silence, elles seraient de celles qui se jetteraient sur la presse dès que le premier article sortirait. De toute évidence, Luiz avait vu juste : leur histoire risquait de passionner les foules…

Elle partit préparer ses bagages, la tête remplie de questions. Où en serait-elle aujourd'hui si elle n'était jamais tombée enceinte ? Ou si deux mois et demi auparavant elle n'avait jamais eu cette conversation catastrophique avec Luiz ? Seraient-ils toujours ensemble à l'heure qu'il est ? Aurait-elle continué à espérer en vain qu'il partage ses sentiments ? Ou bien aurait-elle fini par ouvrir les yeux ?

Elle avait aimé un homme qui n'était qu'une chimère ; et pourtant, aujourd'hui, elle en était réduite à devoir lui accorder une confiance aveugle. Quel cauchemar…

Lorsque Holly fut introduite chez Luiz par la porte de service, elle souffrait d'une terrible migraine. Quelle journée complètement folle ! Depuis qu'elle avait reçu l'appel du chauffeur de Luiz en fin de matinée, tout s'était enchaîné si vite qu'elle avait à peine eu le temps de souffler.

Appliquant le plan à la lettre, elle avait envoyé Claire et Sarah détourner l'attention des journalistes avant de sortir discrètement par l'arrière du cottage. Pendant les heures qui avaient suivi, elle s'était cru en plein film d'espionnage : le chauffeur l'avait conduite jusqu'à une petite clairière où on l'avait fait monter dans un hélicoptère ; puis, dès qu'elle avait atterri à Londres, une berline l'avait conduite à la demeure de Luiz.

Encore secouée par ce périple, Holly écouta le message qu'il lui avait laissé sur sa boîte vocale : il arriverait le lendemain matin et, en attendant, elle ne devait pas hésiter à faire comme chez elle. Alors, autant pour se changer les idées que pour satisfaire sa curiosité, elle se mit à explorer cette bâtisse aussi grande qu'un château. Plus elle déambulait dans les pièces, plus elle avait le sentiment de visiter un musée destiné à impressionner les visiteurs. Elle ne vit pas une photo, pas un roman qui traînait, rien qui aurait témoigné des goûts de Luiz ou rappelé ses voyages. Certes, tout était sublime, mais jamais elle n'avait vu une décoration aussi impersonnelle.

Plus tard, quand la faim se fit sentir, elle se prépara un repas léger, puis alla s'installer dans une chambre d'amis qui donnait sur l'arrière de la demeure. Absolument épuisée, elle ne tarda pas à plonger dans un sommeil sans rêve.

Luiz trouva Holly profondément endormie dans l'une des chambres d'amis. S'appuyant au cadre de la porte, il ne put s'empêcher d'observer son visage d'ange. Il y avait bien longtemps qu'il ne l'avait pas vue si paisible. Une vague de nostalgie le traversa. Quelques mois plus tôt, il n'aurait pas hésité à la rejoindre sous les draps. Mais aujourd'hui, il n'en avait plus le droit.

C'est alors que les mots qu'elle avait prononcés la veille lui revinrent douloureusement à la mémoire : « J'aurais préféré ne jamais te rencontrer. » Avait-elle parlé sous le coup de l'émotion, ou était-ce le fond de sa pensée ? Il fronça les sourcils. Après tout, sans lui, Holly serait sans doute en couple ou mariée aujourd'hui avec quelqu'un de son village. Un homme simple, peut-être assez quelconque mais gentil et sincère. Le pire, c'était qu'elle aurait certainement été plus heureuse avec un tel homme. Cette idée le rendait malade.

Lui, il lui avait offert des dizaines et des dizaines de nuits mémorables, des moments d'intense complicité, des conversations incroyables, mais rien de tout ça ne suffisait à effacer les mensonges. Même si ces mensonges lui avaient donné l'opportunité de s'ouvrir à elle comme personne, il n'en avait pas moins trahi sa confiance.

Honteux soudain, il se frotta le menton. Etait-ce à cause de ce manque de confiance qu'elle refusait toujours de l'épouser ? Parce qu'il exigeait un contrat de mariage ? Pourtant, ce n'était qu'une formalité, une précaution qui rassurerait sa famille. Il n'avait pas encore prévenu sa mère et ses sœurs, mais il savait déjà comment elles réagiraient : elles compareraient Holly à Clarissa, puis ne manqueraient pas, milliardaire ou pas, de lui faire la morale.

Ces quelques jours de recul lui avaient permis de se conforter dans son idée que le mariage était la meilleure solution. En plus de toutes les raisons qu'il avait déjà avancées, une autre était venue renforcer sa certitude : il n'avait aucune envie qu'un étranger se mêle de l'éducation de son enfant. Si Holly et lui restaient séparés, elle finirait tôt ou tard par vivre avec un autre homme, qui, par conséquent, deviendrait le beau-père de l'enfant. Or il ne pouvait accepter qu'un parfait inconnu soit plus présent que lui dans la vie de son fils ou sa fille !

Mais ce n'était pas tout : rien ne lui disait que Holly ne se ferait pas avoir par une ordure qui ne chercherait qu'à profiter d'elle. Après tout, qu'elle le veuille ou non, il avait l'intention de se montrer généreux pour que leur enfant ne manque jamais de rien ; de ce fait, Holly deviendrait une mère célibataire bien plus riche que la moyenne et risquerait d'attirer des rapaces de la pire espèce.

Holly se mit à remuer dans le lit. Elle s'étira avec un gémissement si sensuel qu'aussitôt il fut assailli par une bouffée de désir. Lorsqu'elle se redressa, visiblement désorientée, l'édredon qui la couvrait jusque-là tomba sur sa taille, révélant son débardeur moulant. Même dans la pénombre, Luiz n'avait aucun mal à distinguer ses formes généreuses.

Pour lutter contre l'envie de se jeter sur elle, il toussota, ce qui la fit tressaillir.

— Luiz ? s'exclama-t-elle en tirant la couverture sur sa poitrine. Je ne t'avais pas vu… Depuis quand es-tu rentré ?

— Quelques minutes à peine.

Bon sang, pourquoi avait-il tant de mal à la regarder dans les yeux, ce matin ? Pour masquer son trouble, il alla ouvrir les rideaux et feignit de contempler le paysage.

— Je n'ai pas osé te réveiller, poursuivit-il sans se retourner, tu dormais comme un bébé.

— Oui, j'étais fatiguée, désolée…

— Ne t'excuse pas, voyons. Tu es enceinte et tu as eu une journée éprouvante, hier. N'importe qui serait épuisé à ta place.

Même sans la voir, il perçut que la jeune femme s'était tendue.

— Les paparazzis… Est-ce qu'ils m'ont suivie ?

Les mains dans les poches, Luiz fit volte-face et haussa les épaules.

— Il y en a quelques-uns qui se sont jetés sur ma voiture à l'entrée de la propriété pour me prendre en photo et me crier des questions. Heureusement, j'ai des gardes du corps suffisamment intimidants pour les décourager de s'aventurer au-delà des grilles. De toute façon, ils savent que je reste toujours muet comme une tombe. C'est pour cette raison qu'ils risquent de se reporter sur toi : tu es une cible facile pour eux.

Holly blêmit. Luiz décida de changer de sujet :

— J'ai téléphoné à Andy pour lui expliquer l'ampleur de la situation. Il m'a assuré que tu pouvais compter sur lui pour gérer le refuge, pendant quelque temps du moins. Tu ne m'as pas dit qu'il prévoyait d'emménager à Londres.

Elle esquissa un sourire triste.

— Je ne l'ai appris qu'il y a deux jours. Il est de nouveau avec Marcus et ils vont s'installer ensemble.

— Je sais, il m'a tout raconté. Il avait l'air sur son petit nuage, mais aussi un peu angoissé. Je lui ai proposé d'occuper l'un de mes appartements si jamais il préférait attendre de voir comment les choses évoluent entre eux.

L'air abasourdi qu'afficha soudain Holly le piqua au vif.

— Ne me regarde pas comme si j'étais incapable d'un acte de gentillesse, bougonna-t-il.

— Mais… tu veux dire qu'il a accepté ? balbutia-t-elle.

— Bien sûr ! Tout le monde ne prend pas comme une insulte l'aide qu'on leur offre.

Holly ne put s'empêcher de se sentir trahie. Comment Andy avait-il pu accepter que Luiz lui fasse l'aumône ? La moindre des choses aurait été de refuser, par solidarité envers elle ! Elle tâcha de se raisonner : elle n'avait pas vraiment le droit de lui en vouloir ; après tout, cette solution permettrait à son ami de ne pas se retrouver sans toit si les choses tournaient mal avec Marcus. Et puis, ce n'était pas lui mais elle qui avait été victime des fourberies de Luiz…

— Bref, reprit-il d'un ton solennel, nous ne sommes pas là pour discuter d'Andy. Est-ce que tu as pris ton passeport ?

— Oui. Tu ne m'as toujours pas dit pourquoi j'en avais besoin.

— Tout simplement parce que nous allons quitter le pays pour quelque temps. Si je me souviens bien, l'idée qu'on parte en vacances tous les deux te faisait très envie.

Holly le dévisagea, incrédule. Puis un petit rire nerveux lui échappa.

— Tu crois sincèrement que j'en ai toujours envie, après tout ce qui s'est passé ? J'ai parlé de vacances à deux à l'époque où je croyais encore que nous avions un avenir commun et que nous pourrions économiser pour nous offrir un petit séjour à l'étranger. Bien sûr, c'était avant de découvrir que tu étais loin d'avoir besoin de faire des économies pour partir en voyage, avant de découvrir que tu n'avais qu'à claquer des doigts pour te rendre dans n'importe quel coin du globe.

Elle se tut, rouge de honte et de colère. Même si Luiz avait touché un point sensible, passer pour une femme aigrie était la dernière chose qu'elle désirait.

— Bon, reprit-elle d'une voix plus posée, je sais que

nous disputer ne nous mènera nulle part. Dis-moi au moins pourquoi je devrais t'accompagner à l'étranger.

Sa remarque lui valut un rire méprisant.

— Si tu préfères rester ici pour affronter la presse, c'est ton choix. Moi, je suis assez fort pour supporter tout ce qu'on peut raconter sur moi, mais je ne suis pas sûr que ça soit ton cas.

Vexée, Holly croisa les bras. Elle mit dans sa voix toute la froideur dont elle était capable :

— Contrairement à ce que tu penses, je ne suis plus la petite chose fragile que j'étais encore il n'y a pas si longtemps.

— Fragile ? Ce n'est pas vraiment le qualificatif qui me vient à l'esprit quand je pense à toi, surtout depuis que je t'ai vue couper du bois ! Par contre, pleine d'énergie, optimiste, sexy… Ça oui.

Le sourire entendu que son ancien amant lui décocha provoqua de délicieux picotements tout le long de son corps. Comment s'y prenait-il pour produire un tel effet sur elle alors qu'il se tenait à l'autre bout de la pièce ? Quand il la regardait de cette façon, il parvenait presque à lui faire oublier ces horribles derniers mois. Quand il la regardait de cette façon, elle n'avait plus qu'une envie : étouffer la voix de la raison qui lui hurlait de faire attention à elle et succomber à son charme magnétique et enivrant.

Et voilà qu'il comptait partir en voyage avec elle… Etait-ce vraiment sage d'accepter de passer du temps rien que tous les deux ?

— Où voudrais-tu qu'on aille ? réussit-elle à articuler.

— Dans un endroit reclus où personne ne pourra nous espionner. Si nous ne leur donnons pas l'occasion d'écrire une seule ligne sur nous, les tabloïd finiront par nous laisser tranquilles. D'ici quelques semaines, un autre scandale éclatera et plus personne ne se souciera de nous, tu peux en être certaine.

— J'ai le sentiment de perdre complètement le contrôle de ma vie…, soupira-t-elle.

Son propre aveu la fit sursauter. Elle s'était si souvent confiée à Luiz qu'elle n'avait même pas songé à garder son désarroi pour elle. Lorsqu'elle leva le nez vers lui, la lueur de satisfaction qui brillait dans ses yeux sombres ne lui dit rien qui vaille.

— Crois-moi, Holly. Ce voyage est la meilleure chose à faire.

7.

Holly prit un long bain dans le but de se relaxer, sans succès. Elle en sortait plus tendue que jamais lorsque des voix féminines s'élevèrent du rez-de-chaussée. Qui Luiz avait-il invité ? Que mijotait-il ?

Après s'être habillée en vitesse, elle descendit le grand escalier, puis longea le couloir vers les voix — qui provenaient du séjour. Là, elle trouva Luiz dans l'un des fauteuils, partageant son attention entre sa tablette tactile et deux jeunes femmes, qui s'occupaient de vider des sacs de shopping pour suspendre toutes sortes de vêtements à un portant à roulettes.

— Que se passe-t-il ?

— Ce sont les vêtements que tu emporteras pour les vacances. Puisque tu ne peux pas sortir faire les boutiques, j'ai décidé de faire venir les boutiques à toi.

— Enfin, Luiz, de quoi parles-tu ? Je n'ai pas besoin de tout ça ! J'ai déjà apporté mes propres vêtements.

— Nous partons dans un endroit chaud, rétorqua-t-il sèchement. Et de toute façon, même si tu as pensé à mettre quelques tenues d'été dans tes valises, tu ne risques pas de rentrer dedans encore longtemps.

Encore trop surprise pour relever la muflerie, Holly jeta un regard en coin aux deux employées. Elles avaient la politesse de faire la sourde oreille mais entendaient forcément leur conversation. Avaient-elles compris ce qui se passait entre Luiz et elle ? Pouvaient-ils compter sur leur discrétion ou non ?

Dans le doute, elle alla s'installer à côté de Luiz pour lui livrer le fond de sa pensée. Ce n'était pas parce qu'elle refusait de faire une scène devant des inconnues qu'elle se laisserait pour autant marcher sur les pieds !

— J'ai emporté des vêtements de grossesse, figure-toi, lui chuchota-t-elle. Je ne t'ai jamais demandé de m'offrir quoi que soit. Et puis, tu t'imagines vraiment que je vais essayer tous ces trucs ?

Luiz roula des yeux.

— N'importe quelle femme serait aux anges si on lui offrait « tous ces trucs », comme tu dis.

— Tu oublies que je ne suis pas n'importe quelle femme. Du moins selon tes critères…

— Je m'en rends compte chaque jour. Bref, pour répondre à ta question : oui, j'aimerais que tu essaies tout ce que j'ai fait apporter pour toi. Que dirais-tu de me faire un petit défilé ? ajouta-t-il, espiègle.

— J'espère que tu veux rire !

— Voyons, Holly, ne prends pas un air aussi horrifié. Ce n'est pas comme si tu n'avais jamais paradé en petite tenue devant moi…

Le visage en feu, Holly détourna le regard, tandis que des souvenirs de l'hiver précédent jaillissaient dans son esprit. Au cours d'une soirée un peu arrosée, elle avait décidé d'improviser un strip-tease devant la cheminée. Si elle en croyait la fougue avec laquelle Luiz lui avait fait l'amour après ça, il avait apprécié le spectacle…

Secouant la tête, elle s'éclaircit la gorge avant de rétorquer d'un ton raide :

— Revenir sur le passé ne sert à rien.

— Prétendre qu'il n'a jamais eu lieu ne sert à rien non plus.

Sur ce, il interpella les deux jeunes femmes pour les remercier d'un généreux pourboire. Puis, dès qu'elles les laissèrent seuls, il se tourna vers Holly, le visage soudain sérieux.

— Et si on arrêtait ce petit jeu ? J'en ai par-dessus la

tête que tu me rabroues chaque fois que j'essaie de faciliter les choses !

À ces mots, elle bouillit d'indignation.

— Ce n'est pas juste !

— Possible, mais c'est la vérité. Bon, vas-tu te décider à aller essayer ces vêtements, oui ou non ? Et, pour l'amour du ciel, épargne-moi le couplet sur ton intégrité. Tu vas accepter mes cadeaux, un point c'est tout.

Holly réprima une repartie cinglante. Pourquoi perdrait-elle son énergie avec Luiz alors qu'elle savait pertinemment qu'il ne reviendrait pas sur sa décision ? Autant faire ce qu'il demandait et en finir le plus vite possible.

Déterminée, elle s'avança jusqu'au portant et étudia les tenues. Les tissus étaient d'une qualité incroyable ! Et si soyeux… En revanche, toutes ces couleurs étaient une très mauvaise idée. Rien de ce qu'on lui proposait ne lui irait.

— Je te préviens, dit-elle sans se retourner, ne compte pas sur moi pour te faire un défilé. Je choisirai moi-même ce qui me plaît. Mais j'ai bien peur de ne pas prendre grand-chose. Je suis beaucoup trop grosse pour porter des tons aussi vifs.

— Ne dis pas de bêtises. Tu n'es pas grosse, tu es enceinte. Une femme enceinte, c'est très sexy.

Holly se figea, le cœur battant. Etait-il sincère, ou cherchait-il seulement à lui faire plaisir pour éviter un nouveau conflit ?

Sans répondre, elle fit rouler le portant jusqu'au paravent aménagé dans un coin de la pièce. Juste avant de commencer à se déshabiller, elle glissa un œil sur le côté : Luiz avait reporté toute son attention sur sa tablette. Tant mieux, songea-t-elle, soulagée. Au moins, il allait la laisser en paix au lieu de l'inciter à défiler devant lui toutes les deux minutes.

*
* *

A mesure que l'heure tournait, Holly se surprit à prendre goût à cette séance d'essayages. Contrairement à ce qu'elle avait cru, la plupart de ces tenues lui allaient à ravir, à tel point qu'il devenait difficile de faire une sélection. Comment Luiz avait-il pu aussi bien deviner ses nouvelles mensurations ? Il avait dû donner des indications très précises à ses employées. Elle éprouva malgré elle une bouffée de tendresse à l'idée qu'il se soit donné tant de mal pour la contenter.

Pour terminer, elle enfila une robe légère, froncée sous la poitrine. La couleur chaude lui plaisait énormément, mais le tissu soulignait son ventre arrondi. Lèvres pincées, elle s'observa un moment dans le miroir à pied, sans pour autant parvenir à déterminer si la coupe du vêtement la mettait en valeur ou non. Et si elle demandait l'avis de Luiz ?

Elle quitta alors le refuge du paravent et toussota pour attirer l'attention de son compagnon.

— Qu'est-ce que tu en penses ? s'enquit-elle en tournant sur elle-même.

Lorsque Luiz leva les yeux, sa gorge s'assécha aussitôt. *Santa Maria* ! Existait-il une femme plus sexy que Holly en ce moment précis ? Déjà, pendant qu'elle se changeait, il avait eu un mal fou à se concentrer sur son travail — comment ne pas l'imaginer nue derrière le paravent ? Mais là… Ne voyait-elle pas à quel point sa robe était transparente ? Peut-être n'était-ce dû qu'aux rayons du soleil qui baignaient la pièce, mais le tissu ne cachait absolument rien de son corps de rêve. Elle ne portait même pas de soutien-gorge ! Et puis, l'arrondi de son ventre…

Bon sang, si on lui avait dit qu'un jour une femme enceinte lui ferait un tel effet, il ne l'aurait jamais cru ! Ou bien éprouvait-il une sorte de fierté virile démesurée à l'idée d'avoir créé la vie ? Mystère. Pour l'heure, tout ce qui l'intéressait, c'était Holly et son corps splendide, qu'il brûlait de presser contre le sien…

Abandonnant sa tablette sur le bras du fauteuil, il se redressa contre le dossier et joignit les mains sur ses genoux.

— Tu te tiens trop loin pour que je puisse me faire un avis, prétendit-il. Approche-toi.

Holly fit la moue, mais s'avança néanmoins.

— D'accord, je m'approche, mais je ne défile pas.

— Si ça te plaît de jouer sur les mots…

— Alors ? Qu'est-ce que tu en penses ? répéta-t-elle en s'arrêtant à quelques pas de lui.

Luiz resta un instant interdit. Qu'attendait-elle de lui, à la fin ? D'abord, elle lui reprochait de vouloir lui offrir quelques vêtements et maintenant voilà qu'elle minaudait ?

— C'est une jolie couleur.

De toute évidence, ce n'était pas la réponse qu'elle avait espérée.

— Je te demande si cette robe me va, précisa-t-elle d'une petite voix.

« Oh ça oui ! » songea-t-il en laissant de nouveau son regard glisser sur elle. Mais, si elle insistait, autant profiter de l'occasion pour la détailler de plus près… Sans trahir la moindre réaction, Luiz se leva, puis, les mains dans les poches, fit mine de l'étudier comme l'aurait fait un créateur autour de son mannequin.

— Alors comme ça, tu cherches les compliments ? la taquina-t-il.

— Pas du tout ! Je veux seulement m'assurer que je n'ai pas l'air ridicule, étant donné ma… ma nouvelle silhouette. Je n'ai aucune envie de ressembler à ces femmes qui s'obstinent à s'habiller sans tenir compte du ballon de basket qu'est devenu leur ventre.

— Dans ce cas, rassure-toi, tu es ravissante. Même si je dois dire que le tissu est assez… transparent, ajouta-t-il avec un sourire appréciateur. Pour être franc, je vois que tu ne portes pas de soutien-gorge.

Les yeux écarquillés, Holly vira au rouge vif. Ses mains se crispèrent, comme si elle luttait contre l'envie de se cacher la poitrine.

— Je l'ai retiré tout à l'heure pour essayer les maillots de bain, se justifia-t-elle.

— Pourquoi ne me les as-tu pas montrés ? Je me serais fait une joie de te conseiller.

Sa provocation déstabilisa Holly plus encore qu'il ne l'avait espéré : elle le fixa, les lèvres légèrement entrouvertes, tandis que sa poitrine affolante se soulevait au rythme de sa respiration saccadée. Luiz caressa du regard les bourgeons de ses seins, qui se tendaient sous le tissu léger de sa robe. De toute évidence, elle le désirait tout autant que lui. Il serait si simple de faire glisser les fines bretelles le long de ses bras pour la dévêtir en un clin d'œil… Ou plus simple encore : d'aventurer une main sous sa robe, d'effleurer ses cuisses veloutées en remontant jusqu'à son entrejambe, pour la faire gémir de plaisir, ici même, debout au milieu du séjour…

Il serra les poings. Il ne se laisserait pas aller à ses fantasmes. Bien que ce soit une véritable torture de rester si près de Holly sans la toucher, il refusait de faire le premier pas. C'était à elle de céder à la force qui les poussait l'un vers l'autre, sinon elle l'accuserait encore de l'avoir manipulée.

— Pas question de te laisser te rincer l'œil, balbutia-t-elle d'une voix incertaine.

— Ce n'est pas comme si je ne t'avais jamais vue nue…

Dans les yeux clairs de Holly, il vit le trouble qui la gagnait. Soudain, sans qu'il ait eu le temps d'anticiper son geste, elle vint poser une main sur son torse, avant de la retirer aussi vivement que si elle s'était brûlée. Déjà, elle s'écartait, visiblement horrifiée, mais Luiz ressentait toujours la décharge électrique qui venait de le traverser.

Le corps encore en ébullition après le bref contact avec Luiz, Holly fixait, mortifiée, la main qui venait d'échapper à son contrôle. Que s'était-il passé ? A peine quelques secondes plus tôt, elle s'était trouvée en proie à un débat intérieur, cherchant la force de tourner les talons pour mettre fin à cette conversation dangereuse — et se libérer du regard de braise de Luiz —, et voilà que sa propre main la trahissait !

— Je croyais que nous ne devions plus nous toucher, lui lança-t-il, ironique. C'est même toi qui as dit l'autre jour que nous ne partagions plus ce genre de relation.

Elle tenta vainement de se défendre.

— Je ne… Je n'essayais pas de…

— Holly, tu as toujours envie de moi, ça n'a rien de honteux.

— Non ! s'écria-t-elle en reculant. Je n'ai pas envie de toi ! Tu n'as rien de l'homme que j'ai connu, alors pourquoi aurais-je encore envie de toi ?

Les lèvres de Luiz s'étirèrent en un sourire cruel.

— Tout simplement parce que cette attraction est plus forte que la raison ! Regarde les choses en face : si je voulais te prendre maintenant sur le tapis, tu te laisserais faire en envoyant au diable les conséquences.

Cette affirmation lui fit l'effet d'une gifle — Luiz avait entièrement raison. Quelle idiote pathétique elle faisait ! Avait-elle perdu tout amour-propre ?

— D'accord, admit-elle à contrecœur, tu me fais toujours de l'effet. Mais c'est une attirance purement physique. Une attirance qui n'est due qu'aux souvenirs des moments torrides que nous avons partagés tous les deux. Ça ne veut rien dire d'autre.

Comme des larmes de colère lui brûlaient les paupières, elle détourna brusquement le regard. Plutôt mourir que de pleurer devant Luiz ! Elle le haïssait de jouer de cette manière avec elle, mais se haïssait plus encore d'être aussi faible. Plus que jamais, il fallait qu'elle combatte le désir qu'elle éprouvait toujours pour lui. Et le désir finissait toujours par s'étioler quand on ne le nourrissait pas.

Une fois qu'elle fut certaine d'avoir ravalé ses larmes, Holly leva résolument le menton et changea de sujet.

— Tu ne m'as toujours rien dit concernant le voyage.

Luiz l'observa en silence un instant avant de retourner vers son fauteuil.

— Très bien, asseyons-nous, je vais t'expliquer.

Elle obéit.

— Il se trouve que je compte ouvrir une chaîne d'hôtels écoresponsables à travers le monde. En ce moment, je travaille en priorité sur celui qui est implanté aux Bermudes.

— Comment ça, un hôtel ? s'étonna Holly. Je croyais que tu travaillais dans l'informatique !

— Pas seulement. Dans les affaires, il est toujours prudent de diversifier ses investissements.

— Je vois. Donc, nous partons aux Caraïbes ?

— Ne répète jamais ça devant un Bermudien ou il risque de ne pas apprécier, plaisanta-t-il. Je ne vais pas te donner de cours de géographie, mais sache que les Bermudes sont plus proches de la côte des Etats-Unis que des Caraïbes. Je connais plutôt bien ces îles car mes parents y ont acheté une villa quand j'étais enfant. Certains touristes trouvent que le climat y est un peu trop humide, d'autres se plaignent que les températures n'y soient pas assez chaudes pour y bronzer toute l'année, et pourtant ces îles sont un vrai paradis pour les amoureux de la nature.

Un sourire nostalgique s'attarda sur les lèvres de Luiz. A l'évidence, il adorait cet endroit. Malheureusement, il venait de lui rappeler, peut-être sans le vouloir, qu'il venait d'une famille immensément plus riche que la sienne.

— Je n'ai jamais voyagé aussi loin, avoua Holly. A vrai dire, je n'ai eu l'occasion de partir à l'étranger que deux fois dans ma vie : la première, pour quelques jours de vacances en Andalousie avec mon père et, la seconde, pour un voyage scolaire en Normandie.

— Dans ce cas, raison de plus pour m'accompagner. J'avais l'intention de me rendre aux Bermudes dans un mois ou deux pour m'assurer que tout se passe comme prévu ; compte tenu des récents événements, j'ai préféré avancer mon séjour.

Cette explication rassura Holly. Ce serait avant tout un

voyage d'affaires pour Luiz, alors peut-être n'avait-elle rien à redouter, après tout. S'il passait ses journées à travailler, elle pourrait faire ce qui lui plairait sans se soucier de lui.

Pourtant, un autre problème lui revint soudain à la mémoire.

— Tu ne penses pas que les paparazzis vont nous ennuyer, là-bas ?

— Ça m'étonnerait qu'on nous suive dans un endroit aussi isolé. De toute façon, j'aurai suffisamment d'agents de sécurité pour surveiller les environs.

— Tant mieux. Combien de temps y resterons-nous ?

— Deux ou trois semaines. Nous partons demain.

— Et tes affaires ne vont pas pâtir d'une si longue absence ?

— Mon empire s'en sortira très bien sans moi.

Holly n'écouta que d'une oreille les détails de leur voyage. Déjà, son esprit se projetait en avant : y aurait-il des lieux intéressants à visiter, là où ils se rendaient ? Profiter du soleil était une chose mais, ce qu'elle aimait par-dessus tout, c'était faire de longues promenades et découvrir le patrimoine d'une région inconnue. Si seulement elle avait su leur destination plus tôt, elle aurait pu se procurer un guide touristique ! Elle ne reprit contact avec la réalité que lorsqu'elle croisa le regard amusé de Luiz.

— Si tu veux, dit-il, il y a quelques livres sur les Bermudes dans mon bureau. N'hésite pas à te servir.

Elle en resta sans voix pendant quelques secondes.

— Comment… Comment as-tu deviné à quoi je pensais ?

— Tes pensées ont-elles jamais été un secret pour moi ?

Le sourire qu'il lui décocha alors la frappa en plein cœur. Luiz affichait cet air complice qui l'avait toujours fait fondre à l'époque où ils étaient ensemble. Ils avaient vécu tant de bons moments, tous les deux. Hélas, il n'en restait plus rien aujourd'hui…

Mais à quoi bon pleurer sur le passé ? Les jours qui les attendaient importaient bien davantage.

— Luiz, il faut que nous parlions de… de ce qui arrivera une fois que nous serons sur place.

Il se cala plus confortablement dans son fauteuil.

— C'est-à-dire ?

— Eh bien, puisque nous sommes condamnés à nous supporter pendant au moins deux semaines, donc il vaut mieux que les choses soient claires entre nous. Cette situation est déjà suffisamment délicate sans que nous compliquions tout.

— Alors ça, c'est la meilleure ! s'esclaffa Luiz. Tu oses me faire la leçon alors que c'est toi qui as eu les mains baladeuses il n'y a pas dix minutes !

Holly s'efforça de soutenir son regard pour masquer sa gêne.

— Justement, je dis ça pour nous deux. L'incident de tout à l'heure ne se reproduira plus. J'aimerais que nous puissions être amis, sans ambiguïté.

— Amis, hein ? Bien, si tu y tiens, je me conduirai en parfait gentleman. Mais, si c'est toi qui m'aguiches, ne compte pas sur moi pour te repousser. Je n'irai pas prétendre que je ne te désire plus.

— Comment peux-tu dire ça ? s'écria-t-elle, une note de dégoût dans la voix. Tu as eu une petite amie après moi, je te rappelle ! Je ne comprends pas comment du jour au lendemain tu as pu tout oublier du désir que tu éprouvais pour Cecelia !

Luiz haussa les épaules.

— Cecelia ne m'a jamais fait beaucoup d'effet, voilà tout.

Holly en eut le souffle coupé. Se pouvait-il que… ?

— Tu veux dire que, Cecelia et toi, vous n'avez jamais… couché ensemble ?

— Je ne vois pas pourquoi tu t'attardes là-dessus, soupira-t-il. Ça n'a aucune importance.

Elle s'efforça de garder une expression neutre, tandis que cette révélation résonnait dans son esprit. Ainsi, Luiz n'avait jamais fait l'amour avec sa sublime fiancée… Cela voulait dire que, malgré ces deux mois et demi de séparation, il lui était toujours resté fidèle? Cette idée avait quelque chose d'étourdissant. Car il avait beau prétendre que cela n'avait aucune importance, il venait ni plus ni moins de lui avouer qu'elle comptait davantage à ses yeux qu'il ne voulait bien l'admettre.

Pourtant, cela ne changeait rien au fait que la relation entre Cecelia et lui avait bel et bien existé. Cela ne changeait rien au fait que c'était cette femme, et pas elle, qu'il avait choisie pour épouse idéale. C'était l'enfant à venir qui avait bouleversé ses plans. Pour lui, la misérable Holly George n'était et ne resterait qu'un plan B.

— Tu as raison, rétorqua-t-elle, amère. Ça n'a aucune importance.

Luiz l'observa alors avec intensité, comme s'il essayait de déterminer si elle était sincère. Puis il se leva brusquement.

— Bien! Puisque tout est clair entre nous, je retourne au travail. Je vais faire monter dans ta chambre les vêtements que tu as mis de côté, et tu pourras t'occuper de tes valises. Si tu as faim, n'hésite pas à te servir dans le frigo.

Alors qu'il se dirigeait vers la sortie, Holly se leva à son tour, saisie d'une soudaine angoisse.

— Luiz! Et si jamais je… je perdais le bébé? Que ferais-tu si ça arrivait?

Il se figea, avant de se tourner lentement vers elle.

— Y aurait-il quelque chose que je devrais savoir, Holly?

— Non, bien sûr que non. Mais c'est une possibilité qu'on ne peut pas ignorer.

— Tu devrais, pourtant. Se perdre en hypothèses fait plus de mal que de bien. Va plutôt te reposer, tu as encore l'air épuisée.

— C'est à cause du stress, répondit-elle avec un faible sourire. Tout va si vite en ce moment.

Luiz sembla gêné, tout à coup.

— Si je te rends la vie dure ces jours-ci, je suis désolé.

— Désolé? répéta-t-elle, incrédule. Non, tu n'as pas à t'excuser, voyons.

C'était plutôt elle qui se compliquait la vie à toujours

tout remettre en question, sans cesser de se heurter à des murs… C'était à elle d'accepter la dure réalité : malgré tout ce que Luiz sacrifiait pour elle, malgré tout ce qu'il lui offrait, il ne l'aimait pas. Ne devrait-elle pas enfin arrêter de le punir pour un état de fait auquel il ne pouvait rien ?

S'avançant vers lui, Holly lui tendit la main avec une ébauche de sourire.

— Alors qu'en dis-tu, Luiz ? Juste amis ?

Il sembla hésiter une fraction de seconde, puis la gratifia d'une poignée de main formelle.

— Juste amis.

8.

Confortablement installée près du hublot, Holly faisait de son mieux pour masquer son malaise. Ce n'était pas le vol qui la rendait nerveuse — quoique, au décollage, elle avait dû se retenir d'agripper la main de Luiz —, mais la nouvelle relation qu'ils entretenaient tous les deux. Ils avaient mis les choses au clair ; pourtant, elle ne savait toujours pas sur quel pied danser avec lui. Quand il ne se montrait pas protecteur à outrance, comme le matin même, lorsqu'il l'avait obligée à prendre un déjeuner consistant — « pour le bien du bébé », avait-il dit —, il l'ignorait complètement. Depuis leur départ pour l'aéroport, c'était à peine s'ils avaient échangé deux mots. Luiz semblait absorbé par son travail.

Etait-ce là sa conception de l'amitié ? Deux personnes sans rien à se dire, sans rien en commun ? Puisque c'était par obligation morale qu'il avait voulu l'épouser, cette obligation allait-elle se ressentir dans tous leurs rapports ? Ne consentait-il à un minimum de politesse que parce qu'elle portait son enfant ? Mais dans ce cas, qu'allait-il se passer, après l'accouchement ? Comptait-il limiter leurs échanges aux sujets concernant le bébé ? Quelle perspective réjouissante…

Holly fut tirée de ses pensées moroses par l'arrivée d'une hôtesse, qui leur proposa des rafraîchissements. Un instant abasourdie par la diversité des boissons disponibles, elle opta pour une simple eau pétillante.

— Ça alors ! s'exclama-t-elle lorsque l'hôtesse se fut

éloignée. Je n'avais aucune idée qu'on servait du champagne et des alcools forts en avion !

— Bienvenue en première classe, plaisanta Luiz. Un monde où les riches peuvent se soûler en toute impunité, quitte à devenir une nuisance pour les autres passagers.

Holly pouffa dans son verre, ce qui arracha un sourire attendri à Luiz. Depuis combien de temps ne l'avait-il pas entendue rire ? Ce son lui manquait. Elle qui avait toujours été si joyeuse pendant leur relation n'était plus que l'ombre d'elle-même depuis leurs retrouvailles.

Presque malgré lui, il continua sur sa lancée.

— Je pourrais te raconter tellement d'anecdotes… Un jour, mon avion a dû se poser en urgence à cause d'un passager de première classe passablement ivre qui s'était mis dans l'idée de découvrir ce qu'on éprouvait dans la peau d'un terroriste.

— Tu es sérieux ? Un homme d'affaires ?

— Non, une pop star.

Holly partit alors d'un rire cristallin qui le ravit. Elle se détendait. Tant mieux. Etait-ce leur nouvelle prétendue amitié qui la mettait plus à l'aise ?

— Tu ne m'avais jamais parlé de cette histoire, fit-elle remarquer d'un ton léger.

— Il faut dire aussi qu'à l'époque, je ne pouvais pas te raconter mes anecdotes de milliardaire.

Son imagination lui jouait-elle des tours ou le sourire de Holly s'était-il transformé en grimace l'espace d'une seconde ? Déjà, elle affichait un rictus moqueur.

— Mon pauvre, tu devais t'ennuyer à mourir pendant les week-ends que tu passais avec moi. Tu étais obligé de te passer de tout ce confort… Je parie que mes petits plats te changeaient des restaurants cinq étoiles où tu as sûrement l'habitude de déjeuner !

Cette attaque surprit tellement Luiz qu'il en resta

pantois. Il faillit lui rétorquer que le changement pimentait la vie, mais il se retint. A quoi bon hérisser davantage sa compagne ? Et puis, une voix dans sa tête lui soufflait que ce n'était pas uniquement pour se pimenter la vie qu'il l'avait fréquentée aussi longtemps…

Troublé par cette dernière pensée, il préféra se retrancher derrière l'humour :

— J'admets que, si je déjeune si souvent à l'extérieur, c'est parce que je n'ai pas tes talents de cordon-bleu.

— C'est à se demander à quoi te sert ta cuisine suréquipée !

— Ah, tu l'as remarquée ?

— Oui, je me suis permis de faire le tour de la maison quand je suis arrivée chez toi. J'espère que tu ne m'en veux pas.

Agacé, Luiz se tendit. D'où venait cette politesse exaspérante, tout à coup ? Il préférait encore quand Holly cherchait la dispute !

— Je ne vois pas pourquoi je t'en voudrais.

— Tout est si parfait, chez toi. C'est sublime, mais on dirait presque un musée. Je n'ai rien osé déplacer de peur de faire une bêtise.

Ces derniers mots eurent raison de son sang-froid.

— Tu t'imagines vraiment que je serais passé derrière toi pour vérifier que tout était en ordre ? Décidément, avec toi, c'est un pas en avant, deux pas en arrière… Je finis par croire que tu fais exprès de me mettre les nerfs en pelote !

Holly arbora une mine si déconfite qu'il regretta aussitôt son accès de colère.

— Oublie ce que je viens de dire, soupira-t-il en se levant de son siège. Je vais aller me passer de l'eau sur le visage.

Interdite, Holly regarda Luiz s'éloigner. Prenant soudain conscience qu'elle retenait son souffle, elle laissa échapper une longue expiration. Quelle mouche l'avait piqué ?

Seigneur, devenir amie avec lui n'avait rien d'une partie de plaisir ! Si même la plus innocente des remarques pouvait le mettre dans cet état, il n'allait pas tarder à se lasser d'elle…

Certes, c'était elle qui l'avait agressé la première — elle n'avait pu s'en empêcher. Mais était-ce sa faute si, en plein moment de complicité, Luiz avait tout à coup rappelé son imposture ? Il en avait parlé d'un ton si léger ! Comme si tout était oublié, comme si ses mensonges n'étaient qu'une broutille…

Lorsqu'il revint s'asseoir, Holly fit mine d'être plongée dans son guide de voyage pour éviter son regard. Pendant les minutes suivantes, elle essaya tant bien que mal de se concentrer sur sa lecture, sans succès : elle ne parvint qu'à relire sans cesse le même paragraphe.

Finalement, Luiz poussa un soupir exaspéré qui lui fit relever la tête.

— Bon, ça suffit. Je vois bien que tu ne tournes pas les pages de ton livre. Dis quelque chose.

— Je…, bredouilla-t-elle. Je ne voulais pas te déranger.

— Depuis quand t'inquiètes-tu de me déranger ou non ? Avant, tu n'hésitais jamais à me parler de tout et de rien. Et je t'en supplie, ne me dis pas que tu te sens obligée de prendre des gants avec moi parce que je suis devenu un étranger.

Elle préféra ne pas relever le sarcasme.

— De quoi as-tu envie de discuter ?

— De ce que tu veux.

Holly se mordit la lèvre. Ce qu'elle voulait, c'était savoir ce que Luiz pensait d'elle. Alors, tant pis si elle jetait de nouveau un froid entre eux en abordant le sujet, il fallait qu'elle en ait le cœur net.

— Réponds-moi franchement : crois-tu toujours que j'en ai après ton argent, surtout maintenant que je connais l'étendue de ta fortune ?

Visiblement mal à l'aise, Luiz s'éclaircit la gorge avant de répondre.

— Je reconnais que je t'ai mal jugée. Seulement, nous ne pouvons pas nier que, si nous nous étions rencontrés dans des circonstances différentes, nous ne nous serions sûrement jamais fréquentés. C'est justement parce que j'étais Luiz Gomez, et non Luiz Casella, que j'ai pu rester avec toi bien plus longtemps qu'avec n'importe quelle autre femme.

— Et il ne t'est jamais venu à l'idée que je finirais un jour par espérer davantage de notre relation que ce que tu étais prêt à offrir ?

— Comment aurais-je pu deviner que tu allais tout à coup te mettre à rêver de projets d'avenir ?

— Tu voudrais me faire croire qu'aucune de tes maîtresses n'a jamais attendu davantage que du sexe ?

— Bon, Holly…, soupira Luiz. Quand je t'ai proposé de choisir le sujet de conversation, ce n'est pas vraiment ce que j'avais en tête.

Elle croisa les bras. Pas question d'abandonner si facilement la partie !

— Tu sais ce que font les amis, d'habitude ? Ils discutent de tout, même des sujets désagréables, et se répondent sans détour.

— D'accord, mais je ne vois pas pourquoi tu t'intéresses à mes anciennes maîtresses.

— J'essaie simplement de relativiser la situation. Alors, insista-t-elle, est-ce que tu les as toujours quittées dès qu'elles émettaient l'idée d'un avenir commun ?

— Disons plutôt que j'ai toujours fait en sorte que mes relations se terminent avant que cette question puisse être évoquée.

— Je vois… Donc, je suis loin d'être la première que tu as prise pour une idiote. Tu te sers des femmes pour satisfaire tes besoins avant de les reléguer aux oubliettes.

— Tout de suite, les grandes phrases, railla Luiz, les yeux au ciel.

Holly s'apprêtait à riposter lorsque l'avion fut aspiré dans un trou d'air. Etouffant un cri, elle se raidit de tout son corps, paupières serrées, tandis que de violentes secousses faisaient dangereusement tanguer son estomac.

Une main rassurante se posa alors sur la sienne.

— Détends-toi, lui murmura Luiz. Ce n'est qu'une petite zone de turbulences, ça va passer.

Comme pour l'aider à se décrisper, il entrelaça leurs doigts et la caressa doucement du bout du pouce. Trop terrifiée par les perturbations pour protester, Holly déglutit avec peine.

— Ça fait si longtemps que je n'ai pas pris l'avion, se justifia-t-elle d'une petite voix. Je suis incapable de rester aussi calme que toi.

— Tu n'as qu'à penser à autre chose.

Peu à peu, son angoisse laissa place à un trouble profond. Oubliant tout des vibrations de la carlingue, elle se concentra sur les petits cercles que Luiz dessinait sans répit sur sa peau.

— Pense à moi, par exemple, reprit-il d'un ton amusé. Ne t'arrête pas en si bon chemin, tu étais sur le point de me comparer à Barbe Bleue, il me semble.

Cette plaisanterie eut le mérite de lui arracher un sourire. Le cœur prêt à exploser, elle ouvrit les yeux, en prenant soin d'éviter le regard d'ébène posé sur elle.

Au même moment, un léger signal sonore résonna au-dessus de leurs têtes, annonçant aux passagers le droit de déboucler leur ceinture. L'avion était sorti de la zone de turbulences, comprit-elle avec soulagement. Mais alors pourquoi Luiz ne lui lâchait-il pas la main ? A quel jeu jouait-il ?

Presque à contrecœur, Holly se dégagea de l'emprise de Luiz. Comme son regard tomba sur le guide de voyage, elle saisit l'occasion de changer de sujet.

— Dis-m'en plus sur ton hôtel, lança-t-elle d'une voix qu'elle espérait moins tremblante que ses genoux.

— On ne pourra pas continuer comme ça éternelle-ment, tu sais.

— Comment ça ?

116

— Ne te méprends pas : je suis ravi que mon hôtel t'intéresse. Mais, tôt ou tard, il va bien falloir prendre une décision à propos de nous. Je ne parle pas de mariage, précisa-t-il avant qu'elle ait pu l'interrompre, seulement de l'arrangement financier que nous allons devoir conclure.

Sous l'effet de la surprise, Holly ne trouva rien à répondre. Elle dévisagea Luiz, incrédule. Avait-il réellement abandonné toute idée de mariage ? Elle qui avait cru devoir se battre pour gagner cette bataille…

Malheureusement, cette nouvelle ne la réjouit pas autant qu'elle l'aurait dû.

— En ce qui me concerne, poursuivit-il, je compte bien m'assurer que tu perçoives chaque mois une pension alimentaire conséquente. Notre enfant ne doit manquer de rien. Bien entendu, j'ouvrirai également un compte à son nom afin qu'il dispose d'une somme confortable à sa majorité, tout comme j'en ouvrirai un spécialement pour toi, pour que tu puisses t'offrir tout ce qui te plaira. Je te l'ai déjà dit, je sais me montrer généreux. A toi de voir si tu veux impliquer un avocat dans cette affaire ; personnellement, je pense que ce serait préférable. Ça nous faciliterait la tâche, et tout serait clair et net.

Elle resta silencieuse. Comment pouvait-il discuter de son propre enfant comme d'une vulgaire transaction financière ? Lui qui se targuait de vouloir devenir un bon père, il semblait ne faire que peu de cas de ce bébé…

— Est-ce que tu m'écoutes, au moins ? s'impatienta-t-il.

Elle releva brusquement la tête.

— Oui, bien sûr. Je sais que je peux compter sur toi sur le plan matériel, Luiz.

— Bien. Nous pouvons donc passer au problème suivant.

Elle réprima un soupir agacé. Fallait-il vraiment qu'il voie toute cette situation comme une suite de problèmes à régler ? Ne pouvait-il pas se montrer plus humain ?

— La distance, précisa-t-il.

— J'y ai réfléchi. J'ai bien conscience qu'il faudra que j'accepte de faire un compromis en ce qui concerne l'endroit où nous vivrons. Et par nous, ajouta-t-elle afin d'éviter tout malentendu, j'entends le bébé et moi, bien sûr.

— Naturellement.

La raideur avec laquelle Luiz avait répondu la surprit ; elle poursuivit néanmoins.

— Je suis prête à déménager dans le sud du pays. J'ai téléphoné à Andy ce matin ; il pense que je ne devrais pas avoir de problème à vendre le cottage et le refuge, étant donné que les affaires vont bien depuis quelque temps. Mais bien sûr, il faudra d'abord que je trouve le parfait acheteur. Par contre, je refuse de vivre dans Londres même. Si je m'installe dans les environs, tu ne devrais pas avoir de problèmes pour… nous rendre visite.

Elle s'interrompit, troublée par l'image qui venait de faire irruption dans son esprit : Luiz qui embrassait sa superbe conquête du moment avant de partir voir son enfant. La honte l'envahit alors. Comment pourrait-elle jamais faire le poids face à une nouvelle Cecelia ? A coup sûr, la grossesse ne lui ferait pas de cadeau, et elle deviendrait l'ex-petite amie avec vingt kilos en trop, boudinée dans ses vêtements constellés de taches de nourriture pour bébés.

Holly secoua la tête pour chasser cette horrible vision et se concentra sur ce qu'elle avait à dire.

— Il y a un autre point que je tiens à mettre au clair : je veux continuer à travailler.

— Voyons, Holly, tu n'auras plus jamais besoin de travailler de ta vie.

— Et devenir une femme entretenue ? Non merci.

— Tu n'as aucun souci à te faire de ce côté-là. Pour se considérer comme entretenues, encore faut-il que les femmes offrent leur corps en échange.

Cette remarque la meurtrit autant qu'elle l'offusqua. Luiz avait-il conscience de traiter les femmes comme de vulgaires objets ? Qu'allait-il bien pouvoir penser d'elle si jamais elle devenait aussi peu avenante qu'elle le redoutait ?

A cette idée, elle se mordit la lèvre. Au fond, était-ce vraiment parce qu'il ne l'aimait pas qu'elle mettait une telle véhémence à refuser de l'épouser, ou bien parce qu'elle avait peur de lire un jour du dégoût et du mépris dans son regard ? Peut-être bien les deux…

— Que ça te plaise ou non, dit-elle, je chercherai du travail dès que possible après la naissance du bébé.

— Mais enfin, pourquoi ? Je suis peut-être vieux jeu, seulement j'estime qu'une mère doit avant tout s'occuper de son enfant. En tout cas, c'est de cette façon que je veux que le mien soit élevé.

Holly faillit éclater de rire.

— Mon Dieu, Luiz ! Dans quel siècle vis-tu ? Tu es au courant qu'on peut être une bonne mère sans pour autant ne vivre que pour son enfant, n'est-ce pas ? Est-ce que ta mère était femme au foyer ?

— Evidemment !

— La mienne est morte quand j'étais petite. A la maison, il n'y avait que mon père et moi. Il ne m'a jamais appris que la place d'une femme était derrière les fourneaux et celle d'un homme au travail pour subvenir aux besoins de sa famille. Au contraire, il m'a appris à devenir indépendante, il m'emmenait dans les champs avec lui. Il m'a toujours traitée sur un pied d'égalité, et je lui en suis profondément reconnaissante.

Avec une pensée émue pour son père, elle regarda un instant par le hublot avant de pousser un soupir triste.

— En fin de compte, je comprends pourquoi tu avais jeté ton dévolu sur une femme comme Cecelia. Elle partageait tes valeurs.

Cette constatation lui valut un soupir agacé de la part de Luiz.

— Pourquoi remets-tu Cecelia sur le tapis ? Je t'ai déjà dit qu'elle avait été une erreur.

— Je veux dire par là que tu préfères les femmes qui ne remettent pas en question ta vision des choses.

— C'est ridicule ! s'indigna-t-il. Combien de fois t'ai-je soutenue dans tes décisions, même quand je ne partageais pas ton avis ? Aurais-tu oublié l'affaire des quinze oies que tu tenais à tout prix à adopter, l'année dernière ? Je t'ai prévenue que c'était une mauvaise idée mais tu t'es obstinée, alors j'ai respecté ton choix. Et au final, tu l'as regretté ; tu as dû confier ces fichues oies à quelqu'un d'autre parce qu'elles passaient leur temps à chasser les visiteurs et à terroriser ton âne chéri.

Prête à exploser, Holly ferma les yeux et s'obligea à compter jusqu'à dix. Comment pouvait-il comparer ces deux situations ? Se ranger à l'avis de quelqu'un était on ne peut plus facile lorsqu'on se moquait de l'enjeu. En revanche, accepter de revenir sur ses convictions profondes, c'était une autre affaire. Plus que jamais, il fallait qu'elle fasse preuve de fermeté ; sinon Luiz allait lui marcher sur les pieds. Et tant pis si sa réaction semblait puérile de prime abord.

— Qui a dit que j'ai regretté de les avoir adoptées ? J'ai été très heureuse de les garder six semaines.

— Six semaines, trois jours et quatre heures, la corrigea-t-il. Je suis bien placé pour le savoir : ces sales volatiles étaient plus efficaces qu'un réveil quand il s'agissait de me tirer du lit à 5 h 30 le dimanche matin.

Quelle idiote ! Pourquoi n'avait-elle pas changé de sujet ? Raviver de vieux souvenirs était bien la dernière chose qu'elle souhaitait. Ce genre de conversation était dangereux : elle ne pouvait que déboucher sur l'évocation des bons moments qu'ils avaient passés ensemble.

— Cette discussion ne nous mène nulle part, Luiz.

— Très bien, déclara-t-il, lèvres pincées. Alors, revenons à nos moutons : quel travail est-ce que tu as en tête ?

Holly l'observa un instant, méfiante. Lui posait-il cette question parce qu'il avait décidé de respecter sa décision, ou uniquement pour éviter de faire une scène dans l'avion ? Elle répondit néanmoins comme si de rien n'était.

— L'idéal serait de trouver une place dans un autre refuge, évidemment. Mais, si ce n'est pas possible, je suppose que je pourrai toujours trouver quelque chose en rapport avec les animaux. Réceptionniste dans une clinique vétérinaire, par exemple.

— Réceptionniste ? Toi ?

— Bien sûr ! s'offusqua-t-elle. Où est le problème ? Tu me crois incapable de répondre au téléphone ou de tenir un carnet de rendez-vous ?

Luiz afficha un air perplexe.

— C'est juste que… tu aimes faire savoir tes opinions. Tu penses vraiment pouvoir te retenir de faire la leçon à quelqu'un qui aurait attendu que les symptômes de son chat s'aggravent pour l'emmener en consultation ?

— Je ferai des efforts pour prendre sur moi, voilà tout.

— Si tu le dis…

Son ton sarcastique la piqua au vif.

— Je n'ai pas besoin de ta permission pour vivre ma vie comme je l'entends, c'est clair ? J'apprécierais qu'à l'avenir tu ne cherches plus à me persuader de rester femme au foyer !

Sans se défaire de son rictus, il leva les mains en signe de reddition.

— Ça va, ça va, je n'insiste pas ! Je tiens à la vie.

— Parfait !

Malheureusement, quelque chose lui disait qu'elle avait peut-être gagné cette bataille, mais bel et bien perdu la guerre.

— Alors, c'est réglé, reprit-elle, plus pour se convaincre elle-même. Nous ne serons que des parents séparés parmi tant d'autres. Quoi de plus banal ? Ça ne fera pas de scandale et, sans scandale, pas de paparazzis.

Après un moment de silence, son compagnon souleva un autre problème :

— Et en ce qui concerne mon droit de visite ?

— Tu pourras venir chaque fois que tu le voudras, je te l'ai déjà dit. Je n'essaierai jamais de t'empêcher de voir ton enfant.

— C'est facile à dire maintenant. Mais, avec le temps, les choses vont changer.

— Comment ça ?

— D'autres personnes finiront bien par faire partie de cette équation.

— Non merci, je pense que j'ai eu ma dose de relations pour toute une vie, rétorqua-t-elle d'un ton plus amer qu'elle ne l'aurait voulu.

— Parle pour toi.

Holly accueillit cette remarque avec un pincement au cœur. Luiz avançait-il simplement une hypothèse, ou bien songeait-il déjà à la remplacer ? Aurait-il le culot de passer prendre son enfant pour le week-end en compagnie de sa conquête du moment — ou, pire, de son épouse ? Elle ne put retenir un frisson à cette idée.

— Tu ne crois pas qu'il est un peu tôt pour envisager ce genre de choses ?

— Je préfère envisager toutes les possibilités. Bien, conclut-il en reportant son attention sur sa tablette tactile. Je vais charger l'un de mes avocats de s'occuper ces jours-ci des détails de notre arrangement.

Cette fois encore, son ton froid et impersonnel lui glaça le sang. Pourtant, à quoi aurait-elle pu s'attendre ? Pourquoi s'acharnait-elle à espérer que, sous la façade de l'homme d'affaires, il se cachait toujours un être sensible qui ne demandait qu'à l'aimer ? C'était pathétique ! Pourquoi continuait-elle d'éprouver des sentiments pour Luiz Casella ? N'avait-elle donc aucune fierté ? Aucune estime d'elle-même ? Quand allait-elle apprendre à tourner la page ?

Oppressée, Holly décida de changer de sujet pour masquer son malaise.

— En tout cas, je suis pressée d'être à l'hôtel. Je n'ai qu'une envie : m'allonger une heure ou deux dans un vrai lit avant d'aller découvrir les environs.

— L'hôtel ? Je n'ai jamais parlé de descendre à l'hôtel.

A ces mots, le cœur de Holly manqua un battement.

— Quoi ? Mais… C'est toi qui as dit que…

Luiz partit d'un rire franc.

— L'hôtel est encore en construction. Non, c'est dans la villa de vacances de mes parents que nous allons passer les semaines à venir.

9.

Les yeux rivés sur le visage endormi de Luiz, Holly ne décolérait pas. Comment pouvait-il être aussi serein après la dispute qu'ils venaient d'avoir ? Quoique « dispute » n'était pas le terme approprié puisqu'elle était la seule à s'être emportée. Lui s'était contenté de l'observer, impassible, en attendant qu'elle arrête de paniquer et de le traiter de tous les noms. Puis il lui avait lancé :

— Ce n'est tout de même pas ma faute si tu as mal interprété mes propos. Maintenant, si tu veux bien arrêter de dramatiser, je vais dormir un peu.

Là-dessus, il avait incliné son siège et fermé les yeux, comme si tout allait pour le mieux. Bon sang, elle aurait pu le gifler ! Pourquoi refusait-il de comprendre que se retrouver tous les deux sous le même toit était la pire idée qui soit ? Pourquoi refusait-il de voir que cela rendrait la situation bien trop intime ? Dans un hôtel, ils auraient été entourés de personnel et d'autres clients, tandis que là… Non, elle n'osait même pas y penser.

Expirant longuement pour se calmer, Holly se passa les mains sur le visage. Promesse d'amitié ou non, le malaise entre eux serait palpable. Comment allait-elle pouvoir cohabiter avec lui sans être continuellement submergée de vieux souvenirs ? Inévitablement, elle ne cesserait de comparer la merveilleuse relation qu'ils avaient partagée à ce désastre qu'était leur vie actuelle.

La gorge serrée, elle laissa son regard glisser sur la silhouette étendue à son côté. Elle n'avait aucun mal à deviner les muscles qui saillaient sous sa chemise noire. Comme hypnotisée, elle avança la main vers ce torse puissant. Rien qu'en effleurant le tissu, elle pouvait sentir la chaleur qui émanait de son corps.

Prenant soudain conscience de ce qu'elle faisait, elle retira sa main, qui se mit à trembler. Une vague de panique l'envahit alors. Voilà ce qu'elle redoutait le plus dans leur cohabitation à venir : non pas les réactions de Luiz — après tout, qui lui disait qu'il ne se conduirait pas en parfait gentleman comme il l'avait promis ? —, mais ses réactions à elle. Allait-elle pouvoir se contrôler en sa présence ? Rien n'était moins sûr…

Tout à ses angoisses, Holly passa les heures qui suivirent à imaginer les pires scénarios. Ce n'est que peu avant l'atterrissage qu'elle se décida à se plonger dans la lecture de son guide, pour se changer les idées.

Lorsque Luiz ouvrit les yeux, son regard tomba aussitôt sur le profil de Holly. Concentrée sur son livre, elle ne remarqua pas qu'il s'était réveillé ; aussi en profita-t-il pour l'observer à la dérobée.

Même si, en apparence, elle était plus calme que tout à l'heure, il la sentait encore tendue. Pourquoi l'idée de partager la même maison pendant quelque temps la mettait-elle autant en colère ? Il ne comprenait pas. Où était le mal ? C'était pourtant bien elle qui avait voulu une relation amicale !

Mais ce n'était pas ce qui le perturbait le plus… Lui qui avait cru dur comme fer que Holly finirait par se rendre à la raison concernant le mariage, il n'était plus si certain qu'elle changerait d'avis, à présent. Au contraire, elle semblait déterminée à l'effacer de sa vie.

Il secoua la tête. A l'évidence, il allait devoir prendre des gants pour aborder de nouveau ce sujet. Et il allait bien falloir qu'il s'en charge au plus vite : maintenant qu'il avait mis sa mère au courant de la situation, il ne pouvait plus faire marche arrière. Bien sûr, il avait réussi à rester évasif sur la question du mariage, mais que ferait-il si Holly refusait de revenir sur sa décision ? Il n'avait même pas envisagé cette possibilité. Pourvu qu'elle lui pardonne la mauvaise surprise qu'il lui réservait encore à l'arrivée…

Comme l'avion amorçait sa descente, Luiz releva son siège, ce qui fit sursauter la jeune Anglaise.

— Tu n'as pas dormi ? lança-t-il en bouclant sa ceinture.

— Non, je n'étais pas fatiguée.

Elle évitait son regard. Pourtant, la façon si particulière dont elle fronçait les sourcils ne lui échappa pas. Cet air à la fois soucieux et résigné qu'elle affichait, il le reconnaîtrait entre mille. Son visage prenait toujours cette expression lorsqu'elle s'apprêtait à faire quelque chose qui ne lui plaisait pas, comme chaque fois qu'elle avait dû se séparer d'un animal contre son gré.

Cette observation le surprit lui-même : encore aujourd'hui, il connaissait Holly sur le bout des doigts. Ce n'était qu'après leur rupture qu'il avait pris conscience que, sans le moindre effort, il avait toujours été capable de deviner son état d'esprit. Cela n'avait rien d'étonnant : cette femme était la sincérité même. Elle ne lui avait jamais rien caché, tandis que lui…

La soudaine bouffée de culpabilité qui le prit à la gorge le poussa à tenter de la rassurer. Mais, lorsqu'il parla, ce fut d'un ton plus raide qu'il n'en avait l'intention :

— La villa est suffisamment grande pour que l'on puisse s'éviter, si c'est ce que tu veux. Tu n'auras pas à te cacher. De toute façon, tu seras souvent livrée à toi-même, étant donné le travail qui m'attend sur l'île.

Elle tourna vers lui un regard surpris.

— Qui a dit que je comptais me cacher et t'éviter ?

— Tu oublies que je te connais. Je lis en toi comme dans un livre ouvert.

Une ombre passa alors dans ses yeux clairs.

— Non, tu me connaissais. Nuance.

Luiz accusa le coup, mais se reprit très vite.

— Comme je le disais, la maison est immense : en plus des huit chambres et des quatre salles de bains, il y a une demi-douzaine de salles de réception, une piscine, et même un chemin isolé qui mène directement à une plage privée. Alors, détends-toi, tu pourras aller où bon te semble sans être dérangée par qui que ce soit.

Ce fut le pilote qui coupa court à leur conversation, en annonçant l'atterrissage imminent. Luiz boucla sa ceinture, soucieux. Qu'allait-il bien pouvoir résulter de ce séjour ?

A l'arrière du taxi, Holly contemplait, émerveillée, le paysage qui défilait derrière la vitre. Toute cette verdure, toutes ces couleurs, c'était si beau ! Bien sûr, elle avait imaginé les palmiers et le ciel bleu, mais voir tout ça de ses propres yeux, c'était d'autant plus incroyable.

Dès qu'elle avait posé le pied sur le tarmac, elle avait eu l'impression d'entrer dans un autre monde, un coin de paradis. La chaleur ambiante était très agréable, et non pas lourde comme elle l'avait redouté. Sans même y penser, Holly se releva les cheveux en une queue-de-cheval.

Le rire de Luiz la tira de sa rêverie. Il était en pleine discussion avec le chauffeur, qu'il semblait connaître depuis longtemps. Depuis qu'ils avaient démarré, elle les avait entendus prendre des nouvelles l'un de l'autre, sans vraiment prêter attention à leur échange. A présent, le chauffeur s'amusait à lui raconter les derniers potins de l'île.

Manifestement à l'aise, Luiz étendit son bras sur la banquette arrière, lui frôlant la nuque au passage. Réprimant un frisson, elle attendit patiemment la fin de leur conversation pour se tourner vers lui.

— Est-ce que tu viens souvent ici ?

Luiz haussa les épaules.

— Avant de te rencontrer, je venais deux ou trois fois par an. Mais depuis, pas une seule. Comment aurais-je pu résister à l'appel du ciel gris du Yorkshire ? ajouta-t-il avec un sourire amusé. Plus sérieusement, maintenant que nous sommes les meilleurs amis du monde et que tu attends de moi la vérité, toute la vérité et rien que la vérité, je vais être honnête avec toi. Quand nous étions ensemble, je n'ai tout simplement pas ressenti le besoin de m'accorder quelques jours pour revenir ici. C'est d'ailleurs pour cette raison que l'ouverture de l'hôtel a été retardée.

— J'espère que tu ne m'en tiens pas responsable.

Holly avait riposté pour la forme, alors qu'elle se sentait flattée. Luiz l'avait fait passer, elle, avant ses propres affaires ! D'un autre côté, la libido empêchait parfois les hommes de réfléchir correctement ; dans ce cas, il n'y avait pas vraiment de quoi se réjouir…

— Non, soupira-t-il. Je sais qu'il n'y a que toi qui as le droit de m'accuser de tous les maux, tu t'es montrée suffisamment claire sur ce point.

Elle se raidit, mais refusa néanmoins de répondre à cette provocation. Tournant de nouveau la tête vers la vitre, elle fut soufflée par la vue qui s'offrit à elle. A présent qu'ils longeaient la côte, une mer d'un bleu irréel s'étendait au loin, scintillant de mille éclats.

— Tu crois que j'ai toujours voulu te cacher cette part de ma vie, reprit Luiz d'une voix plus douce, mais tu te trompes.

Holly garda le silence, mais n'en pensait pas moins. C'était lui qui se trompait : tout aurait été différent s'il lui avait avoué sa véritable identité bien plus tôt pendant leur relation. La révélation l'aurait laissée sous le choc, bien sûr, mais elle aurait compris que son mensonge était parti d'une bonne intention. Elle lui aurait pardonné, et peut-être seraient-ils toujours heureux à l'heure qu'il était. A moins que son immense fortune ne se fût dressée entre eux. Après tout, Luiz n'y pouvait rien si son argent avait toujours attiré les gens intéressés, ce qui l'avait rendu méfiant et amer — surtout après sa mauvaise expérience avec Clarissa. En fin de compte, leur couple n'aurait sans doute pas survécu longtemps à l'explosion de la vérité…

Sur ces sombres pensées, Holly remarqua qu'ils arrivaient à destination. Le taxi remonta l'allée de gravier qui traversait un jardin luxuriant, avant de se garer devant une gigantesque maison blanche. La façade s'ornait d'une large véranda bordée de plantes grimpantes et de rosiers.

— C'est magnifique, s'émerveilla-t-elle en descendant du taxi.

Une légère brise lui effleurait la peau, apportant avec elle l'odeur chaude et salée de la mer. Un couple d'un certain âge — des employés, manifestement — apparut sur le porche. L'homme et la femme vinrent à leur rencontre, un grand sourire aux lèvres. Luiz les salua chaleureusement, puis il posa une main au creux de ses reins pour l'inviter à avancer. Ce contact inattendu la fit tressaillir et l'emplit d'un trouble profond.

— Au fait, lui murmura-t-il à l'oreille, il y a une chose que je dois t'avouer… Ma famille ne sait pas encore que notre relation est exclusivement amicale.

Elle se figea au bas du perron.

— Quoi ?

Luiz profita de sa surprise pour l'attirer dans ses bras. A l'instant où sa poitrine s'écrasa contre ce torse dur comme du granit, une fragrance virile d'after-shave lui flatta les narines. Aussitôt, un éclair fulgurant de désir la traversa, lui coupant le souffle.

— J'ai bien peur de ne pas avoir eu le cœur d'annoncer à ma mère que j'allais devenir père hors mariage, expliqua-t-il. Alors, tout le personnel pense que nous sommes éperdument amoureux et en pleins préparatifs de mariage.

Tandis qu'il lui caressait doucement les cheveux, Holly s'efforça de répondre à voix basse :

— Et c'est maintenant que tu me préviens ?

— Tu étais déjà tendue, je ne voulais pas en rajouter.

Elle se mordit la lèvre pour ne pas hurler. Mais ils n'étaient pas seuls, aussi fallait-il faire bonne figure. Se plaquant un sourire sur le visage, elle s'écarta et, comme si de rien n'était, monta les quelques marches qui menaient à la porte d'entrée. Si les deux employés semblaient aux anges, Holly n'avait qu'une envie : disparaître sous terre.

Cependant, une fois à l'intérieur, elle étouffa une exclamation de surprise. Après le luxe froid de la demeure londonienne, rien ne l'avait préparée à ça : plus qu'une villa, cet endroit ressemblait à un véritable foyer. Tout, des tapis élimés par endroits aux murs ornés de dessins d'enfants — certains d'entre eux avaient-ils été réalisés par Luiz ? —, contribuait à instaurer une atmosphère accueillante.

Perdue dans sa contemplation, elle laissa Luiz la guider jusqu'à l'étage. Suivant un domestique, ils longèrent un couloir spacieux sur lequel s'ouvraient une dizaine de portes. Une lumière chaude, apaisante, provenait de chacune des pièces qu'ils dépassaient. Comment ne pas tomber sous le charme de cette maison ?

Holly ne revint à la réalité que lorsque Luiz la fit entrer dans une superbe chambre. Il remercia le vieil homme qui les avait escortés avant de refermer la porte sur eux.

— Nous y voilà, dit-il en posant les valises.

Incrédule, elle se tourna vers lui, les yeux écarquillés.

— Comment ça, nous y voilà ?

Il s'appuya nonchalamment contre la porte.

— Ça me semble évident, non ? Puisque tout le monde nous prend pour deux tourtereaux, nous pourrions difficilement faire chambre à part sans faire jaser.

— Non…, protesta-t-elle faiblement, peinant à y croire. Je ne peux pas dormir dans le même lit que toi.

— Et pourtant, c'est ce que tu feras. D'autant que ma mère est à New York en ce moment et qu'elle va très certainement passer nous rendre une petite visite.

Pour Holly, ce fut le coup de grâce.

— Ta… Ta mère ?

— Bien sûr. Tu pensais peut-être que ma famille n'allait jamais demander à rencontrer celle qui porte mon enfant ?

— Mais enfin, Luiz, si ta mère veut me rencontrer, c'est uniquement parce que tu lui as laissé entendre que… que nous sommes toujours…

— Un couple ? termina-t-il à sa place. Fous d'amour l'un pour l'autre ?

« Si seulement… », songea-t-elle avec un sourire sans joie. Pour Luiz, cette idée n'était peut-être qu'une plaisanterie mais, pour elle, c'était une autre histoire. Que dirait-il s'il apprenait que, malgré tout ce qui s'était passé, elle était toujours aussi folle de lui qu'au premier jour ?

Lorsqu'elle leva de nouveau le nez vers lui, il la fixait, le visage empreint d'une expression indéchiffrable.

— Ecoute, reprit-il d'une voix douce. C'est temporaire, d'accord ? Le moment venu, j'expliquerai à ma mère que nous n'avons rien d'un couple de conte de fées. Je te l'ai déjà dit, je viens d'une famille conservatrice ; si je lui avais annoncé l'arrivée d'un bébé tout en précisant que la mère de l'enfant ne voulait pas m'épouser, son cœur ne l'aurait peut-être pas supporté.

Ce n'était pas juste ! Il avait retourné la situation de telle manière que c'était elle qui passait désormais pour la méchante de l'histoire ! Comme ses jambes flageolaient, Holly tituba jusqu'à la chaise en rotin installée près de la fenêtre et s'y laissa tomber avec un soupir désemparé.

— Je n'aurais jamais dû venir ici. C'était une très mauvaise idée.

— Voyons, pourquoi en fais-tu une montagne ? Tu es toute pâle.

Il s'approcha et s'accroupit pour se mettre à sa hauteur.

— Essaie de me comprendre : je cherche seulement à protéger ma mère.

A ces mots, elle ne put retenir un petit rire méprisant.

— Si tu crois qu'elle ne va pas découvrir la supercherie dès qu'elle posera les yeux sur moi…

— Qu'est-ce que tu veux dire ?

— Je suis sûre que ta mère te connaît suffisamment

pour savoir que tu n'aurais jamais choisi de t'encombrer d'une femme comme moi.

Il se redressa brusquement — venait-elle de marquer un point ?

— Ne dis pas de bêtises, tu es trop dure envers toi-même.

N'osant croiser son regard, elle garda les yeux rivés sur le sol.

— Je ne peux pas t'obliger à partager cette chambre avec moi, reprit-il, mais je te le demande poliment. Le lit est assez grand pour accueillir une famille de quatre, alors tu pourras garder tes distances. En plus, comme je suis ici pour affaires, il y a des chances pour que tu sois déjà couchée quand je rentrerai le soir. Les employés s'étonneront sûrement de nous voir passer si peu de temps ensemble, mais, puisqu'ils savent que je suis un bourreau de travail, ils ne s'interrogeront pas outre mesure.

Sans attendre de réponse, il se dirigea vers la porte. Juste avant de sortir, il lui lança par-dessus son épaule :

— Dis-toi bien que ce n'est qu'une affaire de deux ou trois semaines.

Trois semaines plus tard

Un sourire bienveillant aux lèvres, Holly regarda Luiz aider sa mère à monter dans le taxi qui la reconduirait à l'aéroport. Après avoir fermé la portière, il se redressa et glissa un bras autour de son épaule. Comme toujours à son contact, son cœur bondit de joie dans sa poitrine.

Décidément, ces dernières semaines, rien ne s'était passé comme elle l'avait imaginé. Avec l'arrivée de Flora Casella dès le deuxième jour de leur séjour, Luiz et elle avaient été obligés de jouer au couple modèle. Hélas, ils avaient pris ce jeu tellement au sérieux qu'elle ne savait plus très bien où s'arrêtait la comédie et où commençait la réalité. Tous ces moments de tendresse, toutes ces nuits d'amour...

Oui, ils avaient fait bien plus que jouer le jeu. Elle avait décidé de reléguer la raison aux oubliettes pour céder à l'appel de la chair. Après tout, puisque la vie lui avait offert cette opportunité, pourquoi ne pas profiter de chaque instant ?

Tandis que le taxi s'éloignait dans l'allée, ils firent de grands signes et restèrent un moment immobiles. C'était la venue de Flora qui avait fait tomber ses dernières défenses. Comment continuer à haïr Luiz en le voyant ainsi aux petits soins pour sa mère ? Comme ne pas craquer quand il se montrait si prévenant, si adorable ? Envolé, l'homme détestable. Il était redevenu celui dont elle était tombée amoureuse près de deux ans auparavant. En plus, la grossesse se passait à merveille.

— Alors ? lui demanda soudain Luiz en la prenant par les épaules pour la tourner vers lui. Ce n'était pas si terrible, reconnais-le.

Pour toute réponse, elle lui adressa un sourire, car une angoisse venait de la traverser : qu'allait-il se passer, maintenant que Flora était partie ? Redeviendraient-ils des étrangers l'un pour l'autre dès qu'ils quitteraient cet endroit paradisiaque ? Elle avait tout fait pour repousser cette question ces derniers jours, mais elle ne pouvait plus se voiler la face. Rien n'avait changé, au fond : ils n'étaient toujours liés que par le sexe.

— On y va ? suggéra-t-il alors, effleurant du bout des doigts la ligne du décolleté de sa robe d'été.

Sous cette légère caresse, elle ne put retenir un frémissement. Déjà, elle étouffait la voix de la raison pour ne plus penser qu'à la promesse contenue dans ces quelques mots.

— Aller où ? Qu'as-tu en tête, exactement ? demanda-t-elle, l'air faussement innocent.

Il lui retourna son sourire le plus ravageur.

— A ton avis, pourquoi est-ce que j'ai donné leur après-midi à tous les employés ? Depuis que nous sommes ici, je rêve de te faire l'amour près de la piscine. Je veux voir les ombres des arbres danser sur ta peau dorée par le soleil…

— Je ne connaissais pas tes talents de poète, plaisanta-t-elle malgré son émotion.

D'instinct, elle porta la main à la turquoise qui ornait son cou. Un cadeau de Flora. Les mots de celle-ci lui revinrent alors à la mémoire :

— Je ne vais pas vous cacher que j'ai d'abord eu des doutes à votre sujet, lui avait-elle avoué en la prenant à part. Mais ils se sont dissipés à la seconde où je vous ai rencontrée, car j'ai tout de suite vu à quel point mon Luiz vous aime. Une mère sent ces choses-là, vous savez.

Ce souvenir lui serra douloureusement le cœur. Elle avait accepté le pendentif, sans oser répondre à Flora qu'elle se trompait sur toute la ligne.

— C'est toi qui révèles le poète en moi, lança Luiz d'une voix chaude. Même le plus rustre des hommes peut être pris d'envolées lyriques face à la femme qui porte son enfant. Surtout quand elle a un corps aussi inspirant que le tien…

D'un geste, il fit tomber une bretelle de sa robe, puis l'autre. La gorge sèche, Holly jeta un coup d'œil nerveux aux environs.

— On ne peut pas faire ça au beau milieu de l'allée ! Si jamais quelqu'un…

Son amant la réduisit au silence d'un doigt sur la bouche.

— Ne t'inquiète pas, nous sommes seuls. C'est une propriété privée, tu te souviens ? Alors, si je fais ça, susurra-t-il en faisant lentement glisser la robe sur ses hanches, personne ne le verra. Bon sang, ce que tu es belle !

Un long frisson la parcourut quand les grandes mains de Luiz dessinèrent délicatement le contour de sa poitrine. Ivre de désir, elle ferma les yeux et s'abandonna à ses sens. Un étrange silence régnait autour d'eux, comme si la nature elle-même retenait son souffle. Holly n'entendait plus que les battements frénétiques de son cœur.

Se cambrant d'instinct, elle sentit la virilité de Luiz se

dresser contre son bas-ventre à travers l'étoffe du pantalon. Elle laissa échapper un gémissement d'envie.

— Que dirais-tu qu'on poursuive près de la piscine? proposa-t-il de sa voix la plus suave.

Le corps en feu, elle souleva les paupières. Luiz la dévorait du regard, la contemplait comme si elle était la huitième merveille du monde. Il n'y avait que lui pour la faire se sentir si sexy.

Quand elle acquiesça d'un sourire, il la prit par la main et l'entraîna à sa suite.

10.

Tandis qu'ils contournaient la maison, Luiz laissa son esprit vagabonder. Ces dernières semaines s'étaient passées infiniment mieux qu'il l'avait espéré. Non seulement Holly s'était entendue à merveille avec sa mère, mais elle s'était montrée plus que convaincante dans le rôle de la fiancée énamourée. Qu'elle le désire encore ne l'avait pas surpris, mais il ne s'était pas attendu à ce qu'elle s'offre à lui avec une telle facilité, une telle passion !

Aujourd'hui, jamais il n'avait été plus sûr de lui : il voulait l'épouser. L'alchimie entre eux était bien réelle et suffirait à faire fonctionner n'importe quel mariage, il n'en doutait pas. A vrai dire, cette perspective ne lui semblait plus seulement nécessaire, elle l'enchantait.

Mais il y avait un problème, et pas des moindres : Holly y était toujours farouchement opposée — il le sentait, même s'il n'avait plus abordé le sujet. Il avait le désagréable pressentiment que, s'il lui donnait de nouveau l'impression de lui forcer la main, il ne réussirait qu'à la faire fuir, ce qui était la dernière chose qu'il désirait. En fait, cette éventualité le terrifiait.

Luiz fronça les sourcils. Depuis quand avait-il peur de quoi que ce soit ?

La vue de la piscine et des colonnes qui l'entouraient le ramena vers des pensées autrement plus délicieuses. Traversé d'un éclair de désir, il plaqua Holly, toujours à demi nue, contre l'un des piliers. Tout en déposant une ligne de baisers dans son cou gracile, il fit tomber la robe à ses pieds avant de se presser contre le corps chaud de sa maîtresse.

— Ton ventre se dresse entre nous, maintenant, ne put-il s'empêcher de remarquer avec un sourire amusé.

Holly ne parut pas s'offenser de sa taquinerie.

— Tu n'aimes pas ?

— Tu veux rire ? J'adore !

C'était la vérité. Il ne se lassait pas de caresser son ventre. La nuit, il pouvait même y poser la main pendant des heures, imaginant à quoi ressemblerait leur enfant, quel serait son caractère. Jamais il ne s'était autant projeté dans l'avenir qu'en ce moment.

— Tu es bien pensif, tout à coup, murmura-t-elle. Je ne t'intéresse plus ?

Pour toute réponse, Luiz s'empara de sa bouche dans un long baiser passionné. Tandis qu'elle commençait à lui déboutonner fébrilement la chemise, il redessina de ses mains ses courbes voluptueuses. Puis il lui écarta délicatement les cuisses et effleura l'entrée brûlante de son intimité. Alors, comme une invitation, Holly s'arqua contre sa main. Elle gémit lorsqu'il glissa ses doigts en elle. Sans arrêter de caresser son clitoris du pouce, il entama un lent mouvement de va-et-vient. La respiration de Holly se fit plus saccadée, plus profonde — un son qui le rendit fou de désir.

Elle s'arracha soudain à ses lèvres, haletante. Une lueur fiévreuse au fond des yeux, elle fit courir ses fines mains sur son torse, ses abdominaux, avant de déboucler sa ceinture et d'ouvrir prestement son pantalon. Elle glissa alors les doigts dans son boxer et, libérant son sexe dressé, se mit à le caresser d'un geste assuré. Alors qu'un feu ardent se déversait dans ses veines, Luiz laissa échapper un soupir rauque.

Ils restèrent là un moment, se donnant mutuellement du plaisir contre la colonne de marbre, jusqu'à ce qu'il décide de mettre fin à leur étreinte. Pas question de précipiter les choses, comme deux adolescents ! Aujourd'hui, il comptait bien prendre tout son temps pour emmener Holly au septième ciel…

Portée par les bras musclés de Luiz, blottie contre lui, Holly était aux anges. Il la déposa délicatement sur un lit à baldaquin installé à l'ombre des arbres. Jamais elle n'aurait pu rêver d'un cadre plus romantique pour faire l'amour. Le parfum suave des fleurs embaumait l'air, une brise chaude lui caressait la peau et faisait onduler les voilages vaporeux autour d'eux. Plus rien ne comptait, hormis cet homme beau comme un dieu qui la couvait d'un regard brûlant. Grâce à ces trois semaines au soleil, Luiz avait pu retrouver son teint naturel de Brésilien : sa peau mate avait pris une délicieuse nuance cuivrée.

Jetant le reste de ses vêtements au bout du lit, il s'étendit sur elle et, du bout de la langue, entreprit d'explorer chaque parcelle de son corps avec une lenteur enivrante. Sous cette caresse experte, elle s'enflamma tout entière. Elle avait tellement envie de Luiz que c'en était douloureux ! N'y tenant plus, elle se redressa pour l'attirer contre elle.

Mais Luiz ne l'entendait pas de cette oreille. Un sourire diabolique aux lèvres, il la repoussa doucement contre les coussins et reprit son exquise torture. Le petit cri de frustration qu'elle poussa se transforma en soupir de bien-être dès qu'il enfouit la tête entre ses cuisses, traçant de ses lèvres un sillon de feu jusqu'à la source de son désir. Comme mû d'une volonté propre, son corps se mit à onduler pour aller à la rencontre de la langue de Luiz qui la goûtait avec avidité. Transpercée par mille flèches de plaisir, Holly plongea les doigts dans les cheveux soyeux de son amant, les agrippant de plus en plus fort à mesure qu'elle approchait du paradis. Bientôt, ses gémissements se transformèrent en cris venus du plus profond de son être. Son corps se tendit comme un arc à l'instant où des étoiles explosèrent sous ses paupières.

Terrassée par la puissance de son orgasme, elle se laissa retomber sur le matelas, pantelante. Enveloppée d'une fabuleuse sensation de volupté, elle n'ouvrit les yeux que lorsqu'elle sentit la main de Luiz lui caresser doucement la hanche. Appuyé sur un coude à côté d'elle, il l'observait, les yeux pétillants de malice.

— Tu es vilain, très vilain, le sermonna-t-elle en lui retournant un sourire radieux. Je voulais te sentir en moi…

— Patience, *querida*. Nous avons le reste de l'après-midi devant nous pour ça.

Cette promesse de plaisirs à venir lui fit fermer les yeux de bien-être. Si seulement le temps pouvait s'arrêter ! Elle passerait l'éternité ici, contre le corps nu de Luiz… Ce fut le ton faussement offensé de sa voix qui la sortit de sa douce torpeur.

— Tu t'endors ! Dis-le, si je t'ennuie…

Au prix d'un effort, Holly souleva les paupières et se perdit dans l'encre du regard de son superbe amant.

— Je ne m'endors pas, je me sens bien.

Le visage de Luiz se fit soudain plus sérieux.

— Il faut qu'on parle, tu sais.

Et voilà, songea-t-elle alors avec amertume, ce moment de perfection venait de s'envoler… Ses doutes enfouis, les questions en suspens lui revinrent douloureusement à la mémoire.

— Oui, je sais.

— Je vais aller nous chercher des rafraîchissements, dit-il en se levant. Attends-moi ici.

— Où veux-tu que j'aille ?

Un sourire taquin se dessina aussitôt au coin des lèvres de Luiz.

— Ma petite prisonnière… Ça me plaît.

Sans prendre la peine de se rhabiller, il se dirigea droit vers la piscine et plongea dans l'eau avec grâce. Comme il traversait l'immense bassin, Holly resta hypnotisée par les muscles de ses épaules, qui roulaient sous sa peau brune.

D'un mouvement agile, il se hissa sur la margelle,

son corps parfait ruisselant de gouttelettes, et attrapa une serviette pliée sur une chaise longue. Alors qu'il se dirigeait vers la véranda, il lui lança sans se retourner :

— Je sais que tu ne m'as pas quitté des yeux une seconde. Je sens l'intensité de ton regard.

Honteuse d'être aussi prévisible, Holly tourna vivement la tête, les joues en feu.

Mais très vite, son humeur changea. L'appréhension lui noua la gorge à l'idée de la discussion sérieuse qui les attendait. A quoi pensait-il, exactement ? Comptait-il lui expliquer ce qu'il avait prévu pour elle une fois qu'ils seraient rentrés à Londres ? A moins qu'il n'aborde le sujet de sa mère ? Il ne l'avait toujours pas prévenue que le mariage n'aurait pas lieu. Trouvait-il plus facile de le lui annoncer par téléphone ?

« Bon sang, Holly, calme-toi ! » Il fallait qu'elle arrête de s'empoisonner avec des questions dont elle connaîtrait bien assez tôt la réponse. Puisque Luiz tardait à revenir, pourquoi ne pas profiter des derniers instants de sérénité qu'il lui restait ? Fermant les yeux, elle prit une profonde inspiration.

Les battements de son cœur avaient retrouvé un rythme normal lorsqu'une sonnerie de téléphone retentit. Il lui fallut une seconde pour comprendre d'où elle provenait : le portable de Luiz. Il avait dû le laisser dans une de ses poches. Un appel lié au travail, sans doute… Devait-elle décrocher pour prévenir la personne de rappeler plus tard ? Sans se donner la peine d'ouvrir les paupières, elle chercha à tâtons dans les vêtements de Luiz, trouva le téléphone et le porta à son oreille.

— Allô ?

A l'autre bout du fil, seule une respiration irrégulière lui répondit, puis la communication se coupa. Les sourcils levés, Holly resta un moment interdite, le portable à la main. Lorsqu'un texto fit vibrer l'appareil, elle se résigna à ouvrir un œil, puis se redressa d'un bond, affolée par le nom affiché à l'écran : Morgan. C'était cette femme qui venait de téléphoner, ça ne faisait pas l'ombre d'un doute.

Une foule de questions se bousculèrent alors dans sa tête. Qui était cette Morgan ? Travaillait-elle avec Luiz ? Non, impossible : si elle n'avait été qu'une simple employée ou associée, pourquoi aurait-elle refusé de lui adresser la parole ? Si elle avait préféré garder le silence et envoyer un texto, c'était qu'elle avait quelque chose à cacher, non ?

La gorge serrée par une main invisible, Holly étouffait. Luiz avait-il une… liaison ? Il avait passé si peu de temps à la villa, ces dernières semaines. Il s'était peut-être arrangé pour rencontrer cette femme tous les jours, entre deux obligations professionnelles. Le regard fixé sur le portable, elle eut un moment d'hésitation.

Et si elle lisait le texto, juste pour en avoir le cœur net ?…

Non, elle ne pouvait pas faire ça ! Hors de question qu'elle se rabaisse à se comporter en femme jalouse et soupçonneuse ! Et puis, avait-elle vraiment envie de connaître la vérité ?…

Elle se dépêcha de ranger le téléphone, puis, en proie à des émotions contradictoires, elle se plaqua les mains sur le visage. Elle sursauta quand la voix de Luiz s'éleva près d'elle.

— Si tu as faim, j'ai ramené de quoi grignoter.

Alors qu'il prenait place à son côté, portant un plateau garni de tartines grillées, de fromage et d'un pichet de citronnade, Holly prit soudain conscience de sa propre nudité. Par réflexe, elle saisit un coussin et le serra contre sa poitrine.

— Pourquoi est-ce que tu te caches ? s'étonna-t-il. Ton corps est un plaisir pour les yeux.

— Je…, balbutia-t-elle. Ça me met mal à l'aise de rester complètement nue si on doit avoir une conversation sérieuse.

— Dans ce cas, nous allons faire en sorte qu'elle ne soit pas trop sérieuse.

— Ne dis pas cela, répondit-elle en fixant la pointe

de ses pieds. Maintenant que ta mère est repartie, nous n'avons plus à faire semblant.

Du coin de l'œil, elle vit Luiz se raidir.

— Bien, vas-y, lâcha-t-il. Crache le morceau.

La colère contenue dans sa voix la prit de court.

— De quoi est-ce que tu parles ?

— A toi de me le dire. Il y a dix minutes, tu avais l'air sur un petit nuage et, là, c'est à peine si tu arrives à me regarder.

Holly déglutit avec peine. Devait-elle expliquer ce qui venait de se passer ? Exiger qu'il lui avoue qui était cette Morgan ? Elle n'en eut pas la force.

— Tu ne crois pas qu'il serait temps que l'on arrête de faire l'autruche ? commença-t-elle, hésitante.

Le visage impénétrable, Luiz poussa le plateau et récupéra ses vêtements. Il lui tourna le dos pour se rhabiller, aussi Holly trouva-t-elle le courage de poursuivre :

— Nous ne pouvons pas continuer de faire comme si tout allait pour le mieux dans le meilleur des mondes. Nous vivons dans une bulle depuis trois semaines mais, tôt ou tard, il faudra bien retourner en Angleterre et revenir à la réalité. D'ailleurs, tu ne m'as même pas dit quand on partait.

Sa voix résonnait de façon anormalement aiguë à ses propres oreilles. Gagnée par la panique, elle sauta à bas du lit et se précipita vers la colonne de marbre devant laquelle elle avait abandonné sa robe.

— Nous ferions mieux de prendre le premier avion, reprit-elle en s'habillant à la hâte, les doigts tremblants. En fait, je vais même aller faire mes valises tout de suite !

Sans attendre de réponse, elle se dépêcha de retourner à l'intérieur. Elle se mit alors à courir d'une pièce à l'autre, récupérant au passage les affaires qu'elle avait laissée traîner çà et là pendant le séjour.

— Bon sang, Holly, mais qu'est-ce qui te prend ?

Les bras chargés de vêtements et de babioles, elle se

retourna en sursaut. Depuis le seuil du salon, Luiz la dévisageait, l'air à la fois furieux et déconcerté.

— Corrige-moi si je me trompe, mais j'avais l'impression que les choses s'étaient arrangées entre nous. Ou bien as-tu joué la comédie pendant tout ce temps, juste pour ma mère ? Tu vas me faire croire que tu jouais aussi la comédie, il y a quelques minutes, quand tu criais de plaisir ? Ou peut-être avais-tu seulement envie qu'on s'envoie en l'air une dernière fois, pour la route ?

Ces mots crus la choquèrent. Avait-il besoin de réagir de manière aussi agressive ?

— Comment oses-tu ? s'emporta-t-elle. Jamais je ne ferais une chose pareille ! J'ai pris du plaisir ces trois dernières semaines, c'est vrai, mais je n'en pense pas moins tout ce que je t'ai dit dehors. Et puis, c'est toi qui voulais qu'on parle, je te rappelle.

Faisant volte-face, elle se sauva par l'autre porte et repartit à la recherche de ses affaires, effarée des endroits où elle en retrouvait certaines. Que faisait sa brosse à cheveux sur le rebord de fenêtre de la cuisine ? Et ce T-shirt, comment avait-il atterri sur la rampe d'escalier ? Comment avait-elle pu autant s'étaler en quelques jours ? Avait-elle, sans le vouloir, cherché à marquer son territoire ?

Elle s'enfuyait vers l'étage quand Luiz la rattrapa. Il la saisit par le coude, l'obligeant à s'arrêter en haut de l'escalier.

— Veux-tu bien arrêter de courir partout ? Je voulais qu'on ait une conversation tous les deux, mais pas celle-là ! J'avais l'intention de…

L'hésitation dans la voix de Luiz l'incita à affronter son regard.

— Holly, reprit-il, il serait stupide de ne pas se marier. Ça peut marcher entre nous : regarde comme on s'entend bien depuis qu'on est ici.

Ces mots la transpercèrent comme une lame. Pourquoi fallait-il qu'il remette la question du mariage sur le tapis ? Ne comprendrait-il donc jamais qu'un couple ne pouvait pas reposer uniquement sur une bonne entente sexuelle ?

Partager la vie de Luiz serait au-dessus de ses forces. Après cet horrible coup de téléphone, elle n'en doutait plus une seconde. Comment pourrait-elle supporter de vivre dans la terreur constante qu'il la trompe avec les plus belles femmes du monde parce que leur relation n'avait et n'aurait jamais le moindre sens ?

Tant bien que mal, elle tenta de refouler les larmes qui lui montaient aux yeux.

— Ce n'était pas réel, répondit-elle d'une voix brisée. Nous avons joué les couples heureux pour ta mère, tu le sais aussi bien que moi. D'accord, nous en avons profité pour prendre du bon temps, et je ne vais pas nier qu'il y a toujours quelque chose entre nous. Mais, je te l'ai déjà dit, le sexe ne suffit pas.

Une expression indéchiffrable passa sur les traits de Luiz.

— Pourtant, on s'amuse bien, tous les deux ! Ces dernières semaines m'ont plu, à moi ! J'ai toujours aimé passer du temps avec toi.

A ces mots, des images du soir de leur rupture défilèrent dans l'esprit de Holly. Ce fut plus qu'elle ne pouvait en supporter. Se dégageant, elle courut se réfugier dans leur chambre, les yeux noyés de larmes, et jeta son tas d'affaires sur le lit.

Luiz l'avait suivie, hélas… A l'instant où il entra dans la pièce, elle s'essuya les yeux d'un revers de la main, avant de se tourner vers lui à contrecœur.

— Admettons que je t'épouse, Luiz : tôt ou tard, tu finiras par te lasser de moi. Alors que se passcra-t-il, à ton avis ? Tu iras voir ailleurs, et j'en deviendrai malade de jalousie. Je me moque que le mariage soit la solution la plus sensée, ce n'est pas la vie que je veux.

Il fronça les sourcils.

— Qui te dit que les choses se passeront de cette façon ? Ce qu'on a partagé depuis notre arrivée ici n'était pas qu'un jeu. Ne dis pas le contraire, j'ai vu dans tes yeux que tu étais heureuse. Ensemble, nous pourrions être heureux.

Holly secoua tristement la tête.

— Pendant quelque temps, peut-être, admit-elle. Mais pas sur le long terme. Comment veux-tu que ça fonctionne alors que je ne peux même pas te faire confiance ?

— Qu'est-ce que c'est censé vouloir dire ?

— Que je n'ai aucune idée de ce que tu fais quand j'ai le dos tourné.

Sur le point de craquer, elle alla récupérer sa valise au fond de la penderie pour ne plus avoir à soutenir le regard de Luiz.

— Je peux savoir ce qui s'est passé pour que tu te mettes à me soupçonner comme ça ?

Soudain, Holly n'y tint plus. Faisant volte-face, elle déversa ce qu'elle avait sur le cœur, sur un ton qui frisait l'hystérie.

— Ce qui s'est passé, c'est qu'une certaine Morgan a téléphoné sur ton portable tout à l'heure ! Tu peux me dire comment je peux te faire confiance quand tu reçois l'appel de femmes qui me raccrochent au nez sans un mot avant de t'envoyer des textos ?

Une ombre de culpabilité passa dans les yeux de Luiz — une expression qui voulait tout dire. Sortant le téléphone de sa poche, il lut rapidement le message.

— Nous ne sommes pas en couple, admit Holly d'un ton amer, alors tu as bien le droit de faire ce qui te chante avec n'importe quelle femme. Mais ne viens pas me parler de bonheur à deux, d'accord ? N'essaie pas de me faire croire qu'il y a quelque chose de spécial entre nous, tu te fatigues pour rien !

Le visage de Luiz se ferma. Les muscles de sa mâchoire jouaient nerveusement sous sa peau, et il détourna le regard quelques instants. Puis, redressant le buste, il lâcha d'un ton glacial :

— Très bien. Si vraiment tu n'as aucune confiance en moi, je rends les armes. Tu as gagné. Je vais prendre mes dispositions pour que nous quittions l'île ce soir. Et demain, dès notre arrivée à Londres, nous irons signer l'arrangement que mes avocats nous ont préparé.

Il tourna les talons et disparut dans le couloir, la laissant livrée à elle-même.

Holly laissa échapper un faible gémissement de détresse. Voilà, tout était fini entre eux. Pour de bon, cette fois. Elle avait réussi à faire sortir Luiz Casella définitivement de sa vie. A présent, ils ne seraient plus liés que par leur enfant. C'était bien ce qu'elle avait voulu depuis le début de sa grossesse, non ? Alors pourquoi avait-elle l'impression que le monde s'effondrait autour d'elle ?

Une porte claqua au rez-de-chaussée. Holly éclata alors en sanglots, s'enfonçant les ongles dans la chair à s'en faire mal. Leur relation n'aurait pas pu se terminer d'une pire façon. Etait-ce tout ce qu'elle gagnait à écouter la voix de la raison — celle qui l'avait convaincue de ne pas se laisser faire par un homme qui ne partageait pas ses sentiments ? Elle avait rejeté, et par deux fois, le seul homme qu'elle ait jamais vraiment aimé ; et tout ça pourquoi ? Parce qu'elle avait décrété qu'il n'était pas digne de confiance.

Bien sûr, il lui avait servi le plus odieux des mensonges dès leur première rencontre, mais ne s'était-il pas repenti depuis ? Avait-elle raison de se méfier encore de lui ? Croyait-elle sincèrement qu'il avait pu la tromper avec une autre femme ? Son intuition lui criait que non. Quand bien même il en aurait eu le temps et l'énergie, Luiz n'avait jamais été un homme infidèle. Ce n'était tout simplement pas dans sa nature. Elle en avait eu la confirmation pendant le séjour de sa mère. L'habitude qu'il avait de ralentir le pas pour ne pas la fatiguer, la délicatesse avec laquelle il l'aidait à s'habiller, la tendresse avec laquelle il lui baisait parfois le front… Ce type de comportement était la marque d'un homme bon, d'un homme au cœur pur.

Un homme qui méritait une seconde chance.

Alors, elle comprit. Pendant tout ce temps, elle avait été terrifiée à l'idée de souffrir, à l'idée de perdre sa fierté dans ce mariage. Mais que valait la fierté s'il lui fallait traverser les années sans Luiz à ses côtés ? Une vie loin de lui, voilà la véritable souffrance.

N'écoutant que son cœur, Holly s'élança à toutes jambes dans le couloir et dévala l'escalier. D'instinct, elle se précipita vers la porte d'entrée. Pourvu que Luiz n'ait pas décidé d'aller se calmer les nerfs sur les routes, il risquerait un accident !

Une bouffée de soulagement la traversa dès qu'elle fut dehors : sa voiture était toujours garée dans l'allée. Mais alors, où était-il passé ? Du côté de la piscine, peut-être ? Elle contourna la maison à toute allure… Toujours aucune trace de Luiz. Alors qu'une onde de panique la gagnait, elle se mit à courir tout autour de la propriété, jetant des coups d'œil désespérés dans les recoins les plus improbables.

Enfin, elle le trouva sous la véranda, assis dans un grand fauteuil en osier tourné vers le mur. Les yeux rivés au sol, il se tenait le dos voûté, les poings refermés sur son téléphone portable. Cette vision lui fendit le cœur. Elle n'avait jamais vu Luiz si abattu. Si vulnérable.

D'un pas hésitant, elle le rejoignit et s'éclaircit la gorge. Il ne bougea pas.

— Je… Je suis désolée, lâcha-t-elle dans un souffle.

Toujours pas la moindre réaction. De toute évidence, il n'avait aucune envie d'accepter ses excuses. Avait-elle anéanti toute chance de réconciliation ? Elle en avait bien peur…

Se tordant les mains, Holly avança encore, jusqu'à se poster devant lui. Puis elle se lança :

— J'ai conscience que tout est fini entre nous, mais je tiens à m'excuser pour ce que j'ai dit. Je sais que je peux avoir confiance en toi. C'est juste que cette situation n'a pas toujours été facile à vivre pour moi. Je n'arrivais pas à supporter l'idée que nous ne nous serions jamais remis ensemble, toi et moi, si je n'étais pas tombée enceinte.

Elle marqua une pause et se passa une main tremblante dans les cheveux.

— J'étais folle de toi. Si tu savais comme je t'en ai voulu quand j'ai appris que tu m'avais menti ! La rupture m'a anéantie. Alors, quand on s'est retrouvés, j'ai tout fait pour me convaincre que je te haïssais. Mais c'était plus fort que moi, je t'aimais toujours... Tu sais pourquoi j'ai refusé de t'épouser ? Parce que ça me rendait malade que tu ne veuilles pas m'épouser pour moi. Parce que ça me rendait malade que tu ne partages pas ce que j'ai éprouvé pour toi depuis le premier jour.

Elle se tut. Luiz venait de se redresser. Même s'il gardait les yeux résolument baissés, Holly vit là un signe d'encouragement, et s'accroupit pour chercher son regard.

— Ces trois semaines passées ici m'ont fait comprendre une chose, reprit-elle d'une voix douce. Je ne pense pas être capable de vivre sans toi. Bien sûr, j'aimerais de tout mon cœur que tu partages mes sentiments, mais, si c'est trop t'en demander, tant pis, je suis prête à me faire une raison. Ce que j'essaie de dire, c'est que, si ton offre de mariage tient toujours — et je comprendrais que ça ne soit plus le cas —, sache que ma réponse est oui.

Elle se mordit la lèvre, guettant une quelconque réaction sur les traits de Luiz. Dans le silence qui s'était installé, elle cessa presque de respirer ; elle n'entendait plus que le bourdonnement du sang qui cognait à ses tempes.

Enfin, après ce qui lui parut une éternité, il ferma les yeux le temps d'un soupir. Puis, tournant la tête vers elle, il la fixa avec une intensité qui la bouleversa.

— La femme que tu as eue au téléphone, commença-t-il, s'appelle Claire Morgan. Elle ne t'a pas adressé la parole parce que je lui ai interdit tout contact avec toi. Je pense qu'elle a dû paniquer quand tu as décroché.

Ouvrant le poing, il éleva son téléphone pour lui montrer ce qu'affichait l'écran : la photo d'un terrain nu qui s'étendait à perte de vue. Holly fronça les sourcils. Quel rapport y avait-il entre cette photo et l'appel de Claire Morgan ?

— Je prépare ce coup depuis que nous sommes arrivés

ici, expliqua-t-il. Je comptais te faire une surprise, mais je suppose que je ne peux plus garder le secret, maintenant.

Elle le dévisagea sans comprendre. Une surprise ? Mais de quoi parlait-il ?

Comme s'il avait lu dans ses pensées, il poursuivit :

— Claire Morgan est agent immobilier ; elle est assez nouvelle dans le métier, mais a un avenir prometteur étant donné ce qu'elle a réussi à me dénicher. Ce terrain est pour toi, annonça-t-il avec un sourire désarmant. Il se situe à la périphérie de Londres. Je t'ai obtenu un permis de construire pour y faire bâtir la maison de tes rêves et, bien entendu, un tout nouveau refuge. J'étais prêt à t'en faire entièrement cadeau, pour que tu puisses t'y installer avec le bébé si vraiment tu ne voulais pas de moi. Mais… je dois bien avouer que j'espérais plutôt qu'on y vivrait tous les trois.

Etourdie par ce qu'elle venait d'entendre, Holly s'accrocha au bras du fauteuil en osier. Etait-elle en train de rêver ?

— Je me suis conduit comme un imbécile, admit Luiz. J'aurais dû être honnête avec toi dès le début. Tu comprends, je m'étais fait le serment de ne plus refaire la même erreur qu'avec Clarissa. Ça fait si longtemps que je m'impose de penser avec ma tête et non avec mon cœur que je me suis retrouvé pris à mon propre piège. Il m'a fallu beaucoup de temps pour comprendre qu'il y a des choses dans la vie qu'on ne peut pas contrôler. Comme tomber amoureux.

— Tomber… amoureux ? répéta Holly à mi-voix, assourdie par les battements de son cœur.

Luiz hocha lentement la tête. Avec une infinie tendresse, il lui caressa la joue, avant de prendre sa main dans la sienne.

— Je suis tombé amoureux d'une femme qui m'aimait non pas pour mon argent ou mes relations, mais pour ce que je suis ; et j'ai été trop aveugle pour m'en rendre compte. J'ai tourné le dos à la meilleure chose qui me soit jamais arrivée, tout bêtement parce que je m'étais emmuré dans des principes absurdes. J'étais tellement obnubilé par l'idée de ne jamais laisser qui que ce soit me tenir par les sentiments que je me suis précipité dans une nouvelle liaison dénuée de sens, juste pour me prouver que j'avais raison. Ça a été la plus grosse erreur de ma vie.

C'était à peine si Holly osait respirer. Ainsi, Luiz l'aimait ?

— Quand tu m'as rejeté il y a quelques minutes, reprit-il, l'air grave, j'ai eu l'impression que tu venais de m'arracher le cœur. Je mourais d'envie de te crier ce que je ressentais pour toi, mais je me suis dit : à quoi bon ? Si, après les merveilleux moments que nous avions partagés, tu doutais encore de moi, c'était que la cause était perdue.

Luiz marqua une pause et plongea un regard intense et grave dans le sien.

— Je t'aime, Holly. Je t'aime comme un fou. Quand tu es entrée dans ma vie — ou plutôt quand je me suis précipité dans la tienne —, j'étais un homme brisé. Et toi, tu… C'est grâce à toi que j'ai pu me reconstruire. Hélas, j'étais trop stupide pour m'en rendre compte.

Holly ne put contenir des larmes de bonheur. Elle se jeta au cou de l'homme de sa vie et le serra contre elle de toutes ses forces.

— Oh ! mon amour…, réussit-elle à articuler. Moi aussi, j'ai été stupide ! Cette maison, je veux la construire avec toi.

Luiz s'écarta alors pour regarder Holly. Un sourire radieux illuminait ses traits. L'attirant sur ses genoux, il lui prit le visage dans les mains et l'embrassa tendrement, profondément. Puis, avec révérence, il lui caressa le ventre.

— Ce sera une maison pour nous deux, notre bébé et tous les autres enfants que nous aurons peut-être. Je compte bien consacrer le reste de ma vie à te rendre heureuse, Holly George. Si c'est ce que tu veux, bien sûr !

Le cœur prêt à exploser de joie, elle partit d'un rire cristallin.

— Si c'est ce que je veux ? Jamais plus tu ne parviendras à te débarrasser de moi !

Découvrez la nouvelle saga *Azur*
de 8 titres inédits

La Fierté des Corretti
PASSIONS SICILIENNES

*Et si seul l'amour avait le pouvoir
de sauver les Corretti ?*

| 1er avril | 1er mai | 1er juin | 1er juillet |

| 1er août | 1er septembre | 1er octobre | 1er novembre |

Rendez-vous dans vos points de vente habituels
ou en e-book sur www.harlequin.fr

Ne manquez pas, dès le 1er août

TROUBLANT DÉFI, *Anne Oliver* • N°3495

Pour venir en aide à ses parents, sur le point de perdre leur maison, Chloé doit absolument réunir au plus vite une importante somme d'argent. Mais comment le pourrait-elle, avec son simple salaire de serveuse ? Aussi n'a-t-elle pas d'autre choix que d'accepter lorsque Jordan Blackstone, l'homme d'affaires au charme troublant qu'elle a rencontré la veille au soir dans le restaurant où elle travaille, lui fait une incroyable proposition : il paiera les dettes de sa famille si elle joue le rôle de son épouse dévouée pendant un mois, le temps pour lui de signer un important contrat. Bien sûr, elle se promet de garder ses distances avec Jordan : n'a-t-elle pas toutes les raisons du monde de se méfier des hommes trop riches... et trop séduisants ?

UN BOULEVERSANT HÉRITAGE, *Cathy Williams* • N°3496

Si on lui avait dit qu'elle possèderait un jour un cottage en Cornouailles, Rosie aurait éclaté de rire. Comment imaginer qu'Amanda Wheeler lui léguerait la maison qu'elle aimait tant ? Amanda, celle qui fut sa meilleure amie avant de la trahir de la pire des façons, ne reculant devant aucun mensonge pour lui voler son fiancé : Angelo Di Capua. Mais aujourd'hui, Amanda est morte, et Rosie ne peut se permettre de refuser ce legs. N'a-t-elle pas désespérément besoin d'un nouveau départ, loin de Londres ? Ici, une nouvelle vie s'offre à elle, et tant pis si cela doit réveiller de douloureux souvenirs ou la rapprocher d'Angelo. Angelo qu'elle hait aussi fort qu'elle l'a aimé, mais qui éveille toujours en elle un trouble profond...

LA MAÎTRESSE DE FERRO CALVARESI, *Maisey Yates* • N°3497

Ne faire confiance à personne et travailler plus dur que tout le monde... Tels sont les principes qui ont permis à Julia de se faire un nom dans l'univers si concurrentiel des nouvelles technologies. Aussi, quand Ferro Calvaresi, son concurrent direct, la ridiculise devant des centaines de personnes, est-elle bien décidée à lui dire ce qu'elle pense de sa façon d'agir. Mais lors de leur entrevue, loin de se laisser impressionner, Ferro lui propose au contraire une alliance : ensemble, ils peuvent remporter l'important contrat qui lancera définitivement leurs entreprises respectives. A condition, bien sûr, qu'on les croie désormais *très* proches l'un de l'autre...

UNE IRRÉSISTIBLE SÉDUCTION, *Maya Blake* • N°3498

Coup de foudre au bureau

Depuis qu'elle travaille pour Sakis Pentalides, le célèbre armateur, Brianna met un point d'honneur à garder ses distances, et à se comporter avec le plus grand professionnalisme. Qu'importe qu'il soit beau comme un dieu et terriblement charismatique, plus jamais elle ne fera l'erreur de tomber amoureuse de son patron... Mais, lorsqu'un accident requiert leur présence immédiate à l'autre bout du monde, les obligeant à partager – pour la nuit – la dernière chambre d'hôtel disponible de la ville, Brianna sent la panique l'envahir. Le regard que Sakis pose sur elle n'a plus rien de son détachement habituel... Si son troublant patron entreprend de la séduire, trouvera-t-elle la force de résister ?

UN MILLIARDAIRE POUR AMANT, *Jacqueline Baird* • N°3499

Si Zac Delucca a bâti un véritable empire financier à partir de rien, c'est à force de travail et d'intransigeance. Aussi, lorsqu'il apprend que Nigel Paxton, le directeur financier de l'entreprise qu'il vient de racheter, a détourné plus d'un million de livres sterling, est-il bien décidé à se montrer impitoyable. Mais en apprenant que la magnifique – et insupportablement hautaine – jeune femme rousse qui a attiré son attention, quelques minutes plus tôt, dans le hall de l'entreprise n'est autre que la fille de l'homme qu'il s'apprête à détruire, Zac se demande s'il n'y aurait pas un autre moyen, bien plus agréable – et sensuel –, de se venger...

UN PARFUM D'INTERDIT, *Carole Mortimer* • N°3500

Grace en est sûre : elle va être renvoyée du poste de gouvernante qu'elle occupe chez Cesar Navarro, le célèbre milliardaire argentin. Comment a-t-elle pu se montrer si impertinente avec son nouveau patron, elle d'habitude si réservée, en se moquant de ses gardes du corps ? Et dès son premier jour de travail en plus ! Et puis, jamais elle n'aurait dû se plaindre du petit cottage isolé qu'on lui a alloué – même si elle redoute de devoir y dormir seule la nuit... Aussi, quand Cesar lui propose au contraire de venir s'installer dans la demeure principale, où il vit, Grace sent le soulagement l'envahir. Un soulagement qui laisse bientôt place au trouble : est-il bien sage de vivre sous le même toit que cet homme, qui éveille en elle des sentiments étranges... et brûlants ?

LA PROMESSE DU DÉSERT, *Sarah Morgan* • N°3501

Les Princes du désert

Quand le cheikh de Zubran lui demande, quelques mois à peine après leur rupture, d'organiser la réception de son mariage avec une autre femme, Avery, dévastée, comprend qu'il cherche ainsi à la punir. Après un an de folle passion, n'est-ce pas elle qui a pris l'initiative de leur rupture ? Renoncer à Malik lui a brisé le cœur, mais comment aurait-elle pu faire autrement ? Jamais elle n'aurait fait pour lui une épouse convenable, et il l'aurait tôt ou tard rejetée... Parce qu'elle refuse de montrer à Malik combien elle souffre, Avery se résout à accepter sa cruelle proposition. C'est décidé : elle fera de ce mariage l'événement le plus somptueux de l'année. Qui sait, une fois Malik marié, peut-être parviendra-t-elle à l'oublier et, enfin, à tourner la page ?

PASSION EN LOUISIANE, *Kimberly Lang* • N°3502

Depuis toujours, Lorelei vit dans l'ombre de sa sœur, si parfaite, tandis qu'elle-même est la rebelle de la puissante famille LaBlanc. Mais, céder à la passion dans les bras de Donovan Saint-James ? Là, elle sait qu'elle est allée trop loin. Car Donovan n'est pas un inconnu à La Nouvelle-Orléans. C'est le célèbre journaliste qui, depuis des années, met en lumière les secrets les plus honteux des élites de la ville. Une élite à laquelle, quoi qu'elle en dise, elle appartient. Aussi doit-elle oublier, et vite, cette nuit aussi inattendue que délicieuse. Mais comment le pourrait-elle quand le destin semble prendre un malin plaisir à remettre Donovan sans cesse sur son chemin ? Donovan qui semble, quant à lui, décidé à ne *rien* oublier...

LA TENTATION D'UN PLAY-BOY, *Lynne Graham* • N°3503

- Amoureuses et insoumises - 3ème partie

Qui est réellement Emmie Marshal ? Cette question hante Bastian depuis qu'il a découvert le visage de sa jeune stagiaire sur un site spécialisé en « accompagnatrices de luxe ». La jeune femme a beau nier avec véhémence, il n'en croit pas un mot : n'a-t-il pas rencontré trop de manipulatrices au visage d'ange pour se laisser tromper par l'apparence si sage d'Emmie ? Dans l'espoir d'obtenir des réponses à toutes les questions qu'il se pose, Bastian exige qu'elle l'accompagne au mariage de sa sœur, en Grèce. Mais une fois sur place, infiniment troublé par le mélange d'innocence et de sensualité que dégage la jeune femme, il cède bientôt au désir fou qu'elle lui inspire, pour une nuit d'amour passionnée. Une nuit qui pourrait bien avoir des conséquences inattendues...

POUR UNE NUIT AVEC LE CHEIKH, *Sharon Kendrick* • N°3504

- La fierté des Corretti - 5ème partie

Epouser le cheikh Kulal Al-Dimashqi ? Rosa Corretti est atterrée. Si elle a fui la Sicile et la tutelle de sa puissante famille, ce n'est certainement pas pour retomber sous la coupe d'un homme qu'elle devine de la même trempe que ses frères : arrogant et impitoyable. Pourtant, Rosa sait qu'elle n'a pas le choix. Le bruit circule qu'ils ont passé une nuit ensemble et personne ne croira son démenti. Ce mariage de convenance, pour un an, est le seul moyen d'éviter une tempête médiatique et de préserver leurs réputations respectives. Mais quand Kulal lui annonce, le regard brûlant de désir, qu'il entend bien profiter de tous les aspects de ce mariage, Rosa sent un long frisson – d'angoisse et d'excitation mêlées – la parcourir...

www.harlequin.fr

Composé et édité par les

éditions HARLEQUIN

Achevé d'imprimer en juin 2014

La Flèche
Dépôt légal : juillet 2014

Pour l'éditeur, le principe est d'utiliser des papiers
composés de fibres naturelles, renouvelables, recyclables,
et fabriquées à partir de bois issus de forêts qui adoptent
un système d'aménagement durable. En outre, l'éditeur attend
de ses fournisseurs de papier qu'ils s'inscrivent dans
une démarche de certification environnementale reconnue.

Imprimé en France